JN226507

Kuroi Heiho
黒井へいほ

アリス
ゲーム初心者のクレリック。
普段は穏やかだが、たまに毒舌。
怒ると怖い。
ヴンダー
本作の主人公のアバター。
ゲームは楽しむのが第一で、
人とは違うプレイスタイルを好む。
ゴビー
ヴンダーの相棒召喚獣。
同レベルの相手に勝てないほど
弱いが、運だけはいい。

カイル
強くて頼りになる高レベルの騎士。
ヴンダーたちを手助けしてくれる。
みんなの兄貴分。
ポワン
猪突猛進で元気が取り柄のモンク。
ただし空気が読めない。
しかし、決して悪いやつではない。

一話　最弱ゴブリンとプレイヤーキラー

『ＹＯＵ ＤＥＡＤ．

ホームポイントへすぐに戻りますか？』

俺の前には無情なメッセージが浮かび上がっている。『ＹＯＵ ＤＥＡＤ』のところだけ赤い色で少し見づらいけれど、なんかもう死んだって感じがありありと伝わってきた。

『ＹＥＳ ｏｒ ＮＯ』と書かれているが、ＮＯを選んだとしても、下の行にある数字のカウントダウンがゼロになるまでに助けてくれる人がいなかったら、ホームポイントへ戻される。この場に知り合いはいないから、どちらを選択しても結果は同じだろう。

メッセージの背後には、壮大なフィールドが広がり、四匹のスライムがこちらを見ながらぷよぷよ跳ねている。

……うーむ、まさかスライム相手にこうも簡単にやられてしまうとは。

隣で目をぐるぐる回しながら倒れている相棒召喚獣のゴビーを見ながら、俺は心の中で大きく息を吐いた。

今朝、荷物が届いた。

玄関へ受け取りに行くと、俺――伊佐原公太宛てだとわかり、待ちに待っていた物が届いたとスキップしながら自分の部屋へ戻る。両親は怪訝そうな顔をしていたが、今日くらいは見逃してほしい。

部屋に入り、大きな箱のガムテープを適当に引っぺが――したらまずいか。返却の際も同じ箱に梱包し直してくださいと書いてあった。

ということで、カッターで丁寧に切り開く。中には頭へ装着する大きな機械が入っていた。

「これが【ユグドラシル・ミリオン】へ接続する機器、【ミーミル】か！　くーっ！　北欧神話をなぞって名前をつけるとか、厨二心が疼くぜ！」

ちなみに俺は十五歳。厨二病と言うには年齢が少しだけ上だが、まぁ大人になっても厨二病の人がいるんだからいいだろう。

【ユグドラシル・ミリオン】は有名なゲーム会社で新たに開発されたVRMMOだ。【ミーミル】という機械を頭につけることで、ゲームの世界に擬似的に入れるらしい。

これまでMMOゲームはプレイしたことがあるが、VRMMOは初めてだ。

待ちきれない俺は説明書に急ぎ目を通し、【ミーミル】を装着してベッドへ横になる。

朝飯は食った。水分もとった。体調にも問題なく、前日もしっかり寝た！

時刻は十時。今は学校は夏休み中！　ゲームのスタートが今日の十時からであることは、公式サイトでチェック済みだ。

「クックックッ、それにしてもまさかクローズドβテスターに当選するなんて、運がよすぎるな。ではでは――」

一刻も早くゲームを始めたい俺は、【ミーミル】の横についているボタンを迷わず押した。

「――スイッチ、オーン！」

ＳＦ映画でいうワープ航行みたいな画面が出て、吸い込まれていくかのように感じる。俺は期待を胸に、ゆっくりと目を閉じた。


目は閉じている。だが、見えている。周囲は青いだけで味気ないものの、そこに白い線が走っていることがデジタルな感じを醸しだしていた。

目を瞑っているのに見えるということで不思議な感覚を覚えるかと思っていたが、わりと普通に感じる。

なるほど、すでに俺の意識はゲームの中にあるってことか。うひょー、テンション上がるぜ！

だがゲームはすぐには始まらない。

もしかしてバグってるのか？　ローディングが長い？

……早く早く！

じれったく思いながらも心を落ち着かせようと意識して待っていると、ポーンと音が鳴り、メッセージが現れた。

『現在、サーバーが混雑しています。少々お待ちください』

「よくあるやつ！　知ってた知ってた！」

俺は全然気にせず軽く手を振る。……あれ？　手が動く？

自分を見てみると、青くてのっぺりとした体が目に入った。まだキャラを作っていないから、待機中はこんなもんってことだ。

メッセージの下に、現在の待機人数とログインまでにかかる時間の目安が表示された。

――そして待つこと数分。待機人数が減っていき、待ち時間も『何分』の表示が『何秒』になる。

もうちょい、もうちょい、もうちょい！　画面が切り替わった！

キャラクター作成の画面が開かれる。まずはキャラメイキングからだ！

『自分のデータを元に作りますか？』とあったので、それを採用。後はちょちょいと見栄で身長を少し高くしたり年齢をちょっとだけ上げたりして、体型を整えて完成。

「いっくぜえええ！」

気合を入れて完了ボタンを押す。

青いだけの味気ない世界が急激に色づく。気づけば俺は……広い空が見えている場所にいた。

天井のないギリシャ神殿、といった印象だろうか。前方には白い柱が屹立しており、赤いカーペットが敷かれている。先々に葉が見えることから、ここはどうやら大きな木の上らしい。

よくできているなぁと感心していたのだが、カーペットを進んだ先にいる男性が地面に杖を突き、カツンと鳴らした。

「よく来てくれた、守護者（ガーディアン）よ。我が名は——いや、それは今伝えるべきことではないな。汝（なんじ）の名を教えてもらえるか？」

白いフードから見える、長く白い髭（ひげ）。手には木の杖。老人は名前を教えてくれなかったが、きっとゲームが進めばイベントでもあるのだろう。

っと、NPC（ノンプレイヤーキャラクター）とはいえ、待たせるのは悪いな。なによりも、俺自身が早く外の世界へ出たい。

一度だけ深呼吸し、考えておいたプレイヤーネームを告げる。

「俺の名前はヴンダー！　よろしく！」

「ヴンダーか、良き名だ。浮遊大陸【ユグドラシル】は地に落ちた。この地をまた広大なる空へ浮かび上がらせるためには、汝（なんじ）ら守護者（ガーディアン）の力が必要だ」

ヴンダーはドイツ語で『奇跡』という意味だ。事前に考えておいた名前だが、まぁNPCはドイツ語由来とか反応しないよね……。

ちょっと寂しくも思ったが、老人の説明に耳を傾ける。

「この大陸を守る結界の基点、モニュメントを守ってくれ。モニュメントを狙いしモンスターを討伐し、魔力を集めるのだ。そのための力を、私が与えよう」

「はい！」

返事をした瞬間、目の前に画面が浮かび上がる。そこにズラーッと並んでいるのはジョブだった。

戦士、ナイト、クレリック、ウィザード、アーチャー……などなど。

表示されたジョブに一通り目を通した後、答えてもらえないだろうとわかっていながら、俺は老人に質問した。

「一番人気がないジョブはどれですか？」

俺は——人気がないジョブが好きだ。

できるだけ人と同じじゃないほうがテンションは上がる。強さや弱さは関係ない。使っている人が少ない。その事実が大事なのだ。

「現在、数が多いのはウィザード、アーチャー、浪人、スピアナイトだ。人気がないジョブは特にない……が、唯一無二（ゆいいつむに）のジョブを選びたいのならば、サマナーがいいだろう」

「おぉ、もしかしてスタッフが操作しているのか？　丁寧に答えてくれたぞ」

驚きのあまり、思わず口に出してしまう。

そんな俺を見て、老人は優しく微笑んだ。このGM（ゲームマスター）すごく好き……！

老人は嬉しそうな笑顔を見せたまま説明を続けた。

「若き守護者（ガーディアン）よ。サマナーは相棒となる召喚獣を呼び出し、共に成長していく。召喚獣の種類はジョブよりも遥かに豊富であり、他の人とは違うものを召喚できる可能性が高い」

「なるほど……よっし！　じゃあ、サマナーで！」

「サマナーで本当によいのだな？」

あ、言い間違えたときのことを考えて、ちゃんと確認するんですね。

俺が頷くと、老人は手を差し出した。

手の平の上には、光る卵。それは浮かび上がり、俺の前で止まった。

「触れ、願い、祈るのだ。さすれば汝の召喚獣はこの世界に産み出される」

これが俺の相棒……！

胸の高鳴りを感じつつ、卵へ触れる。光る卵は温かく、答えるように小さく脈打った。

願う――どのようなことを願えばいいのだろう。

……決まっている。一緒に楽しく冒険しようぜ！

卵がまた脈打つ。

次は祈り。祈りと願いってどう違うの？　……まぁ、祈ればいいんだろう。

俺のところへ来てくれてありがとう。弱くても、使えなくても構わない。というか、そのほうが面白い。この出会いに感謝と祝福を――

大きく波打った卵に罅が入る。どんな奴が産まれるのか、楽しみでしょうがない。

ドキドキしながら待っていると、手の平の上にある卵が割れ、大きな光に包まれた。

「ゴブー！」

「いえーい！」

明らかに卵より大きい物が飛び出す。頭にはへにゃっとした帽子、瞳のない目、嘴のような鼻、緑色の肌、細い手足、小さな体。ゴブリンだ！

「っしゃー！　ゴブリンきた！　よろしくな、相棒！　お前の名前はゴビーだ！」

「ゴブゴブー！」

脇(わき)の下に手を入れ、高く掲げる。ゴビーは楽しそうにはしゃいでいた。

グルグル回しながら喜んでいると、老人が「ふむ」と言う。目を向けたら、その顔には笑みが浮かんでいた。

「ゴブリンとはレアな相棒を引いたな。しかし、ゴブリンで喜ぶ者がいることには驚きを隠せない」

「レア!? 使っている人がいないってことでしょ!? 俺って運がいいなー！」

「……では新しき守護者(ガーディアン)よ。小さき仲間とともに、この世界を救ってくれることを期待する。また会おう」

「はい！ お疲れ様です！ ありがとうございました。これからもよろしくお願いします！」

次が待っているから早くしてくれ、って思っているかもしれないが、俺は懇切丁寧に説明をしてくれたＧＭ(ゲームマスター)に礼を述べた。

老人が杖で床を突くと、すぐに俺とゴビーの周囲が光に包まれる。

気がついたときには、てっぺんが見えないほど巨大な大樹の前に立っていた。

ゴビーを足元に下ろし、拳を突き出す。

「よっしゃ、一緒に頑張るか！」

「ゴブー！」

ゴビーは力強く返事をして、嬉しそうにジャンプした。

「違う違う。お前も手をグーにして、コツンとぶつけるんだよ」

「ゴブゴブ！」

わかっていないようなので、手をグーにしてやる。そして、俺はゴビーと拳を軽く合わせた。

よろしくな、相棒。

俺が笑いかけると、ゴビーはピョンピョコ飛び跳ねた。

さて、次はどうしたもんか。まずは周囲を見回す。

石造りの建物が並んでいる。建物には蔓が巻き付いていて、道の所々には根のようなものが見えた。あれは恐らく世界樹の根だろう。

普通に考えたら、最初はクエストをやる感じかな？

ということで、画面を開く。

VRMMOとはいえ、最近のネトゲとやることは変わらないはず。つまり、どこへ行けばいいかもマップに表示されるし、そこまでの道順も出る。クエスト内容だって表示されちゃったりするものだ。

俗にいう『お使いクエスト』を繰り返すことになると予想し、マップの中にある『！』マークを目指して歩き始めた。そこに行けば、クエストを受けられるというわけだ。

「ほわー」

辺りを歩いているNPCはみんな天使。ここが元々、浮遊大陸という設定だからだろう。

背中に羽があり、見目麗しい。目が合うと微笑んでくれたり、手を振ってくれたりと、友好的な様子だった。

「おい、ゴビー見ろよ。あの天使さん、すっげー美人じゃね？　……ゴビー？」

共に頑張ろうと誓った相棒は、いつの間にか姿を消していた。

はっはっはっ、まったく困った奴だ。

俺は慌てずに、ゴビーを再召喚することにした。

こういうゲームでは、ＡＩの精度にもよるが、召喚獣がオブジェクトに引っかかって主人についてこられない場合がある。そんな時、大抵は再召喚すれば解決するのだ。

「【リサモン】」

『召喚獣は生きています』

「……リサモン」

『召喚獣は生きています』

「ふぁあああああ⁉」

熟練プレイヤーぶっていた俺は、すぐにテンパりだした。

なんでなんで⁉　死んでないと再召喚できないの⁉

つまり俺は、どこに行ったかわからないゴビーを、自力で探し出さないといけないってことか⁉

始まったばかりの二人旅が早くも終わりを告げようとしており、俺は慌てて来た道を戻る。

だが運のいいことに、ゴビーはすぐに見つかった。

「ゴビー！　おまっ、なんでちゃんとついてこないんだ！」

「ゴブー？」

何かをじっと見ていたゴビーは、なんで慌てているんだろう？　といった感じに首を傾げる。

俺は一人でやきもきしていたのだが、ゴビーはすぐに視線を戻した。

ったく、何を見ていたんだ？

同じ方へ目を向けると、そこには露店があり、宝石が並んでいた。どうやらキラキラと光る宝石に興味を引かれたらしい。

「欲しいのか？」

「ゴブゴブ」

「残念！　お金がありませーん！　ってことで、稼ぐためにもクエストを受けに行くぞ」

「ゴブー……」

しょげているゴビーと、今度は見失わないように手を繋ぐ。ちょっと腰が痛くなりそうな体勢だ。

だがまぁそんなこんなで、なんとか目的の場所へと辿り着いた。

……しかし、だ。『！』マークには近づけず、少し離れたところから遠巻きに見ているだけだった。

人、人、人、人！

プレイヤーが集中していて、『！』の場所にいると思われるＮＰＣに話しかけるどころか、姿すら確認できない。

こりゃ当分無理だと思い、マップを見直す。だが、ここ以外にクエストはないようだ。

最初のクエストだし、これだけ人が集まるのは当たり前。

他にできることといえば、クエストを受けずにフィールドへ出てみることくらいか。

ゲームの事前情報に載っていたが、町の東西南北にモニュメントと呼ばれる黒い長方形の石がある。

モニュメントはこの大陸を守護するための結界の基点で、それをモンスターから守らなければいけないらしい。

クエストを受けられないのは残念だが、先に戦闘を経験してみるのも悪くない。

俺はゴビーと東のモニュメントへ向かうことにし、その場を後にした。

――歩き始めて約一時間経過。

「遠くね？」

率直な感想を口にした。

実際の体だったら足がだるくなるところだが、さすがはゲーム。特に疲れなどは感じていなかった。

人はいないが、まだ町のエリアを抜けていない。当然、敵もいない。

森の中の開かれた道を、ただただ進む。よく作り込まれている風景が美しく、飽きないことだけが救いだ。

「ゴップゴップゴップゴップ～」

ゴビーは上機嫌に俺の前を歩いている。その姿は歩けるようになったばかりの子供さながらで、見ているこちらの心も温かくなった。

散歩気分だし、景色を見て楽しむのも悪くない、か。

一人頷いていると、ゴビーが飛び跳ねた。

「ゴブッ！　ゴブゴブッ！」

「おいおい、どうした――って光が見える！　出口か！」

どちらからというわけでもなく、俺とゴビーは自然と駆けだす。

後少しで、森を抜け……た！

視界が開ける。森、丘、背丈の短い草。そこには見渡す限りの野原があり、フィールドに辿り着いたと理解した。

ふと、視界の端に黒い石を見つける。なるほど、あれがモニュメントか。

森の出口に設置されていたモニュメントへ近づき触れる。あぁ、冷たくて気持ちいいなー。

だが、一つ不満な点もあった。

これではフィールドへ出るために、毎日一時間歩かなければならない。往復だと二時間。人によってはそれだけでその日のプレイが終わってしまうだろう。

クローズドβだし、後で運営に改善してほしい点として連絡しておこうかなぁ。

腹いせとばかりに、軽くモニュメントを叩く。

『東門のワープポイントは登録されていません』

「うぉっ!?　びっくりした……わーぷぽいんと？」

東門の場所はわかる。町を出るときに通った。

ワープポイントの登録？　あそこにそういった感じのものは――あった。

思い返して気づく。確かにあった。なんか、トーテムポールみたいなやつが。

「あれかー！」

「ゴブー！」

あそこで登録しておけば、帰りは一瞬で戻れるはずだったのか。

目の前のモニュメントに再び触れても、この場所をワープポイントとして登録するという項目はない。

つまり、先に門で登録をしておかないと、外のポイントは登録できないということだ。

それを理解して打ちひしがれる。

隣にいたゴビーも、なぜか同じように打ちひしがれていた。恐らく俺の真似をしているのだろう。

召喚獣は、こうやって色々な行動を覚えていくのかもしれない。

そしてこれからの行動について考える。一度戻るか？　一時間かけて？

ウインドウの端に映っている時計を見る。時刻は十二時。ゲームを開始して、すでに二時間近くが経過していた。そろそろ昼食のために落ちなければならない。

途中まで戻り、飯を食った後にまた移動するか？

少しだけ悩んだが、結局のところ、出た答えは一つだ。

「よし、ちょっと戦ってみようぜゴビー！」

「ゴーブー！」

ゴビーは目を細め、フンスッと鼻息を荒くする。どうやらこいつもやる気満々のようだ。

モニュメントから離れる。

周囲には魔物と戦っている人がそこそこいるが、クエストを受けてからフィールドに出ようと考える人のほうが多いのか、数は多くない。比較的動きやすく、魔物の取り合いにならない今が狙い目だろう。

さて――やるか。

さっきまで特に使い道がなかった杖を構え、近くにいる青い球体へと近づく。初級モンスターの代名詞、スライムだ。

サマナーのステータスは低い。とてつもなく低い。

しかし、その代わりに相棒となる召喚獣がいる。

つまり、俺たちは二人で一つだ！

「ゴビー行け！　俺は援護する！」

「ゴブー？」

「ごぶー？　じゃなくて、スライムと戦うんだって！　ほら、その手に持った石斧で襲い掛かるんだ」

「ゴーブーゴーブー」

うまく伝わっていないのか、ゴビーは石斧を掲げながらクルクルと回っていた。瞳がない目にも慣れてきたし、よく見ると結構可愛い。

いやいや、だからそうじゃない。

スライム目掛けて石斧を叩き込むようジェスチャーで教え込み、ようやく準備が整った。さっきゴビーが見せた、やる気っぽいあれはなんだったのだろうか。

「ゴー！　ゴビー！」

「ゴブー！」

ゴビーは勢いよくスライムへ向かっていき、石斧を掲げ――スライムの周りを走りだした。しかし、全く叩く気配はない。

仕方なく、俺は指示を出す。

「そこだ！　叩け！」

「ゴブ？　ゴブ！」

ゴビーがスライムへ石斧を叩き込む。よしよしいいぞ。

サマナーに使える魔法は【ヒール】と【フレイム】。これから増えていくのだろうが、今はこの二つだけだ。

ゴビーとスライムが戦っている隙を狙い、まずは格好よくフレイムでスライムを倒す。倒せなかったとしても、威力を調べておく必要はあるからな。

深呼吸をして、意識を集中する。

「すーはー……」

「ゴブゴブ！」

「いくぞ！　フレ……お前、何してんの？」

「ゴブー？」

なぜかゴビーが俺の隣にいる。

さっきまで戦ってたよね？　あっ、もしかして俺が心の準備をしている間に、スライムを倒しげふぅっ！

顔に何か柔らかい物が当たり、その衝撃で尻餅(しりもち)をつく。

何が起きた⁉

慌てて痛む鼻を擦(こす)りながら前方を見ると、そこにはスライムがいた。

「ゴ、ゴビー！　倒すまで攻撃するんだ！　戻ってきたら、めっ！」

「ゴブッ！」

おぉ、理解したのか俺がやられたせいなのかはわからないが、勇猛果敢(ゆうもうかかん)にゴビーが戦い始めた。

今度こそフレイムを……おぉい⁉

ゴビーのＨＰゲージが赤くなっている。スライムとのタイマンに負けそうとか、それでいいのかゴブリン⁉　でもそのポンコツっぷりは俺の大好物だ！

「ヒール‼」

まずは回復をと思い、ヒールを唱える。俺が持つ杖から白く淡い光が放たれ、ゴビーを包み込んだ。すると、ゴビーのＨＰゲージが半分ちょっとまで戻る。

初めての魔法！　テンション上がる！

ヒールの回復量は俺の魔力値――ＩＮＴで決まる。現在はゴビーのＨＰを半分回復できるくらいのようだ。

まぁそれで充分。ゴビーの残りＨＰに余裕があるうちに使っていこ――

「っと、ヒール！」

気づけばゴビーのＨＰゲージがまた赤くなっていたので、慌ててヒールを唱える。

『ＭＰが足りません』

「んん？」

いやいや、一回しか使えないなんてことはないだろう。もう一度――

「ヒール！」

『ＭＰが足りません』

すまん、俺もポンコツだった！

サマナー弱すぎぃ！　だが面白ぇ！

ウキウキしつつ、杖を片手にスライムへ近づく。

二人で殴ればすぐ終わるだろ！

「ふげっ⁉」

横から突然何かが飛んできて、変な声が出た。

目を向けると、そこにはスライム。……スライム？

スライムはゴビーと戦っている。なのに、ここにもう一匹いる。Ｗｈｙ？

一瞬、頭がパニック状態となったが、一つだけそれっぽい答えが浮かんだ。

待て、待て待て待て。もしかしてこいつ……【リンクモンスター】⁉

リンクモンスターは、たとえばプレイヤーが複数いる敵のうちどれか一匹を攻撃すると、それにリンクしている周囲の魔物が反応して、襲いかかってくるってやつだ。

戦闘の難易度が高いため、一般的なゲームだと序盤はリンクモンスターなんか出ないんだが……。

初心者向けのスライムがリンクするとか、ここの運営は鬼畜か！

非常にまずい状況だと理解し、とりあえずゴビーと戦っている一匹を——

「三匹がかりでゴビーをボコるとか、ずるくね⁉」

すでにゴビーはＨＰ０で転がっていた。

俺の末路もわかっている。そう、ゴビーと同じように、地面へ転がることになるのだ……。

そうして、話は冒頭に戻る。
せめて一匹だけでも倒そうとスライムに近づいたが、結局やられてしまった。撤退するのが正しかったのかもしれない。
まぁ仕方ないか。みんな苦労しているんだ。慎重に戦わないといけない。
そんなことを思いつつ、ホームポイントへ戻ろうとしたときだ。俺たちを囲んでいたスライムが、炎の塊に一撃で吹き飛ばされた。

「キャー！　サマナーすごーい！　ドラゴンつよーい！」

スライムを一撃でなぎ倒したのは、小さなドラゴン。その傍らで、主と思われる金髪幼女が両手を上げて喜んでいた。

俺は理解してしまう。

確かにドラゴンは強いかもしれないが、まだゲームは始まったばかりなのだから、そこまで圧倒的な強さというわけではないだろう。

では、中身がおっさんかもしれないあの幼女が強いのか？

それも違う。同じサマナーなら、俺とスペックは変わらないはずだ。

では、なぜこんな結果になった？　……考えるまでもない話だ。

ゴビーは、ゴブリンは――弱いのだ！　それも格段に！　最弱だろうと思われるスライムとタイマンして負けてしまうほど！

なるほどと納得し、俺はホームポイントへ戻ることにした。


そしてホームポイント。

もちろん、経験値は1も入っていない。自分たちの弱さがわかったことが収穫だろう。

「ゴブー……」

「どした？　えっ、お前泣いてるのか!?　どっか痛いのか？　見せてみ？」

ゴビーは両腕をだらりと垂らし、盛大にうなだれている。

「ゴ、ゴブゴブ」

「ふむふむ、そうかそうか」

「ゴブー」

「うんうん」

何を言っているのか、さっぱりわからん。が、しょげていることはわかった。

ゴビーが落ち込むようなことって、何かあったか？

俺は、今日の出来事を思い出す。……ああ、そうか。

「まぁ、なんだ？　ちょっと目を離した隙に一人で宝石を眺めていたからって、そんなに怒ってないから気にするなよ。迷子にはならなかったしな」

「ゴブッ!?　ゴブゴブッ！」

ゴビーは首を振っている。どうやらそれじゃないようだ。なら、あっちか。

「『ゴビー』って名前が嫌だったのか？　ならゴブ太、ゴブ郎、ゴブ左衛門(ざえもん)の三つから選んでもいいぞ？」

「ゴーブー！」

ゴビーは右足で地面を何度も踏みつけている。どうやらまた外したようだ。

……ってなると、やっぱりあれか。

俺は屈(かが)み、ゴビーの肩へ手を載せた。

「戦闘のことか！　なーに気にしてんだよ！　俺もボコボコにされたんだぞ？　二対一だったのに、いつの間にか二対四になってるし、全然倒せないし！　いやー面白かった！」

「ゴ、ゴブ？」

笑顔で肩を叩くと、ゴビーは少し驚いたような反応を見せた。

「次はもうちょっと考えて戦わないとな。まぁ俺たちの戦いはこれからだぜ！　二人なら勝てるさ！」

「……ゴブッ！」

正確に伝わったのかはわからないが、ゴビーは嬉しそうに飛び跳ねていた。よきかなよきかな。

っと、もうこんな時間か。せっかくゴビーは元気になってくれたが、そろそろいったん落ちないとな。

立ち上がり、ゴビーの頭へ手を載せた。

「じゃあ、ちょっと休憩だ。また後でな！」

「ゴブー？　ゴブッ！」

ゴビーを残し、ログアウト。ＡＩに疲れがあるかどうかはわからないが、俺が落ちたらゴビーも休めるだろう。

それにしても、召喚獣って感情豊かだなぁ。

ベッドから起き上がり、腕を伸ばす。

さて、早く昼飯を食って、また遊びますか！

◇　◇　◇

昼食を終えて早速ログインし、ゴビーとともにクエストを受けに「！」マークへと向かう。しばらく時間を置いたので、少しは人が減ったはずだ。

昼食を食べている間、さっきのドラゴン使いのサマナーのことが気になっていた。

彼女はクエストを受けて、レベルを上げてからフィールドに来たんじゃないだろうか？

それなら俺との戦力差も理解できる。時間的に、てっきり俺と同じくログイン後に外に直行したのだと思い込んでいたが、クエストが短時間で終わったり、何らかの移動手段を確保できたりしていれば、クエスト達成後にあの場にいても不思議ではないのかもしれない。

ということで、今度こそクエストを受けに来たのだが……人だらけ！　むしろさっきより多い！

昼からインする人が多かったのか、予想外の混み方。

しかし、ここでめげるわけにはいかない。ＮＰＣに近づくべく、努力するしかなかった。

みんな列を作ることなく、ＮＰＣに近づこうと押し合いへし合いしているので、遅々として進まない。

受け終わった人が去って空いた場所へ進み、前に詰めていく作業。それを繰り返し、少しずつ進む。

昔のネットゲームで、空いたマスを取り合っていくような感じだ。後ろから押されているので、気分はよろしくない。

だが、もう少し。もう少しだ……！

そして、奮闘すること一時間。

「あなた、守護者（ガーディアン）？」

「「「そうだよ！」」」

俺を含め、周りにいたプレイヤーが、ＮＰＣの問いかけに一斉に応える。

しかし、ＮＰＣは俺へと笑いかけた。

周囲から舌打ちや妬（ねた）みの声が聞こえる。悪いな、俺の答えが一番早かったみたいだ。

「実はお店の薬草がなくなっちゃって困ってるの。よかったら、東の森で五つ採ってきてくれる？」

「オッケー！　任せて！」

「ゴブゴブー！」

「ありがとう。待ってるね」

無事クエストを受けることができたため、俺たちは人混みから抜け出す。

……あれ？　もしかしてだけど、報告するときもこの中に入り込まなきゃいけないのか？

想像してげんなりしたが、クエストをいまだ受けることができない人よりはいいだろう。

俺は前向きに考えることにし、ゴビーとともに東門へと向かった。

今度は忘れずにトーテムポールでワープポイントの登録をしてから、門を出て出発する。

マップを見ると、さっきスライムにボコられた辺りから少し南に行った場所が、丸い円で囲まれていた。そこは、今歩いている森とは別の森だ。

一時間ほど歩き、モニュメントの前に辿(たど)り着く。忘れないうちに触れて、ワープ地点を確保。

これで、あの道を一時間歩く必要はない。……けれど、気持ちのいい道だったから、たまには歩こうっと。

さぁ、では――探すか!

マップ上に円で示されている森の中へ入る。

奥に進むと強いモンスターがいるかもしれないので、なるべく浅いところで薬草を……って、人多いな。もうなんというか、ここは本当に森か? って疑問に思うほど人がいた。

「薬草を探すか。緑色のこんな形の草な」

「ゴーブー!」

ソロプレイヤーが多い中、こっちは一人と一匹。他の人よりも有利に探せる。だから、五つくらいすぐに採取できると思っていた。

しかし、だ。

薬草を探す。見つける。先に採られる。これを何度となく繰り返す。

それなりに出現(ポップ)しているようだが、人が多すぎて出たそばから採取されてしまうのだ。

しかし、諦(あきら)めずに探す。……採られる。駄目だこりゃ。

「ゴビー、休憩にしようぜー」

「ゴブー……」

こいつも成果がないらしく、へこんでいる……ように見えるが、実際は薬草を探さずに虫を追いかけていたり、穴を掘ったりしていたのを俺は目撃していた。まぁ、レベル1の召喚獣なんてそんなもんだろう。

「なぁゴビー、薬草を見つけたら教えてくれるか？　他のことをしながらでいいから」

「ゴブー？」

「さっき見つけたけれど、先に他の人に採られた草があったろ？　あれを見つけたら、俺を呼んでくれ」

「ゴブゴブ！」

ゴビーはコクコクと頷（うなず）いて、任せろと言わんばかりに自分の胸を叩いた。

本当にわかったかな？　わかったと信じたい。

小休憩を挟み、薬草探し再開。

そして、それはすぐに起こった。

「ゴブー！　ゴブゴブー！」

ゴビーが興奮しながら俺の服を引っ張り、三メートルくらい先にある木の根元を指差す。

「お、見つけたか……採られた」

仕方ない、次だ次……と思ってたら、また服が引っ張られた。

「ゴブー！」

今度は向こうにある岩陰か。

「また見つけた？　やるなぁ、ゴビー……採られた」

さっきと同じく、他の人に先を越されてしまった。

が、落ち込む暇もなく、またゴビーに呼ばれる。

「ゴブゴブー！」

「ん？　んんん？　ゴビー、ちょっとこっちに来い」

それは小さな違和感だった。

俺は一分に一回見つければいいほう。なのに、ゴビーは十秒かそこらですぐに見つけて合図をしてきた。

そして、それに気づいた周囲のプレイヤーたちがゴビーを追いかけ、先に薬草を採取しているのだ。これじゃあ、俺たちにまるでメリットがない。

俺は中腰になって、ゴビーの目を見て告げる。

「よし、こうしよう。薬草を見つけたら俺に教えないでいいから、自分で採取するんだ」

「ゴブッ！」

「元気よく返事したが理解してないだろ！　段々と顔を見てわかるようになってきたぞ。いいか？こうだ、こうやって薬草を見つけたら採るんだ」

「ゴブゴブ」

身振り手振りで薬草の採り方を教えると、ゴビーは何度も頷（うなず）いていた。今度はきちんと理解している感じだ。

二手に分かれ、薬草探し。

数分後、ようやく一つ採取する。よしよし、悪くないな。

ゴビーの様子も見てくるかぁ。

――そう思い、立ち上がったとき。

『ゴビーが死亡しました』

「へ？」

突然現れたメッセージに変な声が出る。

マップを開いて確認すると、少し離れたところにいたゴビーを表す緑色の点が、灰色に変わっていた。運悪く、敵にでも絡まれたのだろう。

リサモンしてもよかったのだが、襲ってきたモンスターを確認しようと思い、急ぎ向かう。

しかし、そこに群がっていたのは――

「あんたら、何してんだ？」

「……」

見た目からすると、戦士、ナイト、アーチャーだろうか。

三人のプレイヤーが、ゴビーを取り囲んでいる。

「おい、何してんだって聞いてるだろ。なんで倒れているゴビーから薬草を取り上げてんだよ」

「……」

無言だ。何も答えずにプレイヤーたちはゴビーから薬草を奪い、その場を立ち去ろうとしていた。

このゲームはＰＫ(プレイヤーキル)できる、ということよりも、ゴビーを殺して薬草を奪ったという事実が許せない。

頭に血が上り、俺は戦士の男の肩を掴(つか)んだ。

「話を聞けよ！」

「うるせぇな、ゴブリンだから敵かと思っただけだ」

「はぁ？　緑色のネームモンスターは敵じゃないってわかるだろ」

敵モンスターの名前は赤、召喚獣などのプレイヤー側のモンスターの名前は緑で表示される。しかも、召喚獣なら主人がつけた固有の名前が出るはずだ。

だから、敵だと思ったなんて言い訳は通じない。

俺は肩を掴(つか)む手に力をこめて、男を睨(にら)みつける。

「……あぁ、面倒だな。そうだよ、薬草を大量に抱えているゴブリンがいたから、殺して奪った！　そう言えば満足か？」

「ふざけんなよ！」

俺は思いっきり突き飛ばすが、男は少しよろけただけで気怠(けだる)そうに溜(た)め息をつく。

「もういいから、お前も死ねよ」

そして、腰の剣を抜いた。

「――ッ!?　フレイ」

ム、の一文字を言うことはできず、俺は男たちに攻撃され死亡した。

なんだかなー、やってられん。

しかもあいつら、俺の装備まで全部盗っていったぞ。

『ＹＯＵ ＤＥＡＤ．

ホームポイントへすぐに戻りますか？』

ローテンションになりながら、俺はホームポイントへと戻った。


戻ったのは東門ではなく、最初にこの世界に来たときに見た大樹の前。

パンツ一丁で正座する俺、隣には悲しそうにしているゴビー。

装備も薬草も、全部失ってしまった。

「元気を出せよ、ゴビー。俺たちは何も悪いことはしてないんだからな。とりあえずＧＭコール……は無駄かもな。掲示板に注意喚起でも載せておくしかない、か」

ＰＫがゲームの仕様なのだとしたら、ＧＭ（ゲームマスター）に通報しても意味がない。

なので諦（あきら）めて、掲示板画面を開く。

すると、薬草強奪犯というタイトルが並んでいた。

いくつか開いて見てみたが、どうやらあいつらは薬草を無理やり奪って、他のプレイヤーに高値で売りつけるという悪徳っぷりらしい。

すでに正義感溢れるプレイヤーたちが彼らの討伐へ動き出しているようなので、俺にできることはなさそうだ。

さて、お金もないし装備もない。

これからどうしたものか……。

「あの」

今の状態じゃ、モンスターと戦って金銭を得るのは不可能。薬草採取の場所も今は強奪犯と討伐隊による修羅場と化しているだろうし、下手に行ったら巻き込まれる。

「あの……」

これはもう、物乞(ものご)いをするしかないか？　人の多いこの場所で、空き缶を置いてお金を恵んでもらうしか——

「あの！」

「はい！」

「ゴブッ！」

ゴビーと同時に返事をする。

考え事をしていたせいで気づかなかったが、目の前には《癒(いや)しの聖女アリス》という、なんとも痛いネームの人がいた。

金髪碧眼、白いシスター服。恐らくだが、ジョブはクレリックだろう。

「私、このゲームを始めたばかりなんですけど、下着だけで正座するゲームなんですか？　ちょっとそれは真似できないなって……」

パンイチの俺を直視するのは躊躇(ためら)われるのか、視線を彷徨(さまよ)わせながら彼女は戸惑いの表情で尋ねてきた。

「いえ、勘違いです。俺は装備を全部巻き上げられて黄昏（たそがれ）ているだけで、普通にクエストやったりモンスターを討伐したりするゲームだと思われます」

「あぁ、そうなんですね。よかったぁ」

そう言って、ほっとした顔を見せる。

初心者なのに痛いネーム。しかも、どこかとぼけた質問。かなりやばい。病（や）んでるかもしれない。

後、一つ大事なことがある。

ネットゲームにはおっさんしかいない。

いいか？　ネットゲームにはおっさんしかいない！

これを忘れた馬鹿な奴らは、大体グループ内の女性プレイヤーを口説（くど）こうとし、周囲の人間関係までグシャグシャにしていく。

過去にやったネットゲームで、メンバーが一気に辞めたときは、ほとんどが女性問題だった。

では、それを踏まえて彼女（おっさん）と話そう。

「とりあえずマップを開いたら『！』マークがあるから、そこでクエストを受けるといいよ。人が多いけれど、めげずに頑張って」

「わかりました」

「ゴブ」

アリスさんの隣に立ち、ゴビーも一緒に頷（うなず）く。

「後、薬草採取のクエストなんだけれど、クエストを受けたらマップに円が出る。そこで採取できるよ。でも今は悪い奴らが薬草強盗をしているから、気をつけたほうがいいかも」

「はい」

「ゴブゴブ」

「いや、ゴビーは俺と一緒にやってたろ」

俺は溜め息をつきながら、ゴビーの肩を叩いた。

まったく、なんでお前まで、アリスさんの立ち場で頷いているんだ。

「ゴッブゴブー」

ピョンピョン飛び跳ねるゴビーを見ていたら、ささくれ立った心が落ち着きを取り戻し始めた。

よし、とりあえずもう一度、薬草採取に向かってみるか。危険かもしれないが、じっとしているよりはマシだ。

立ち上がり、ゴビーを連れて歩き始める。

すると、なぜかすぐ後ろから足音が聞こえ、俺は気になって振り向いた。

足音の主は、アリスさんだ。

「まだ何か聞きたいことがあった？」

「いえ、あの……」

「ゴーブー？」

ゴビーと二人、首を傾げる。アリスさんは、困った顔のまま口を開いた。

「どっちに行けば、この『！』マークに辿り着きますか……？」

「えっ」

「ゴブッ!?」

俺の真似をしているだけのゴビーの頭を押さえ、アリスさんにマップの見方を……いや、面倒だな。

俺はマップを閉じ、彼女に手招きした。

「どうせ暇だし、道案内するよ」

俺が微笑むと、アリスさんは少し驚いて目を伏せる。

「え、でも悪いです」

「いいよいいよ。な、ゴビー」

「ゴブゴブッ！」

拳を突き上げて、ゴビーも賛成してくれた。

「……ふふっ、ありがとうございます」

ゴビーを見て彼女も和んだのだろう。緊張した顔つきは緩み、笑顔を見せてくれた。

さて、では案内しますかね――

互いに自己紹介をした後、アリスさんにクエストを受けさせ、一緒に東のモニュメントを目指す。

行きがかり上とはいえ、初心者に優しくするのは悪くない。

……いや、俺も初心者だった。まだ始めて数時間じゃないか。

だが、アリスさんは恐らくゲーム慣れしていない。ついでに方向音痴だ。そういった意味では俺は先輩だし、手伝うのはいいことだよな。

「ヴンダーさん」

アリスさんはトーテムポールでワープポイントを登録したし、後はモニュメントでの登録を忘れないようにしないといけないな。

「ヴンダーさん？」

「ゴーブー？」

ゴビーが足に纏(まと)わりついてくる。この数時間で何度となくあったことだから、放置でいいだろう。

それと、薬草採取エリアは危険かもしれないから、しっかりと警戒しつつ――

「ヴンダーさん！」

「はっ、そうです！　私がヴンダーです！」

心機一転、いつも使うのとは違うキャラネームにしているから気づかなかった。

そうだよ、俺の今の名前はヴンダーだ。

不思議そうな顔をしているアリスさんへ苦笑いしてみせる。

だが彼女は俺に何か問うこともなく、微笑みながら話を続けてくれた。

「ヴンダーさんは、名前に二つ名というものをつけていませんが、いいんですか？」

「へ？」

「ゴブ？」

いいんですか、ってどういう意味だ？　二つ名なんて痛いだけだろ？

あまりに唐突な質問で、面食らってしまった。

「ですから、二つ名を――」

「ちょ、ちょっと待ってくれる？　それ、誰に教えてもらったの？」

「友達です。こういうゲームでは、二つ名をつけるのが常識だって」

騙されているっていうか、からかわれているよ！　と口から出そうになる。

この人、本当にゲーム経験がないみたいだ。

さて、どう答えたものか。今さら名前を変えさせるのもあれだし、うーん……。

少し悩んだが、俺は正直に答え、教えてあげることにした。

「ネームに二つ名をつける必要はないよ」

「えっ、でもアキちゃんが――」

「たぶん、おちょくられたんだろうね。後、リアルの事情はゲーム内で言わないほうがいい。変なのが寄ってくるかもしれないからね」

パンツ一丁で正座する奴とかな。俺のことだけど。

アキちゃんというのが男の渾名である可能性もあるが、うちのクラスにはそう呼ばれている女子がいる。だから俺の場合、アキちゃんと言えば女性が思い浮かんだ。

そうなると、アキちゃんと友達のアリスさんも女性なんじゃないかと思ってしまう。

「変なの、ですか？」

「そう。ネットゲームでは、そういうことがある。現実と同じで、連絡先を聞き出そうとしたりね」

「女性は気をつけないといけないんですね……」

「はい！　その発言がもうアウト！　あぁー！　聞かないようにしていたのに！　女性だとか言ったら駄目だから！　女性ってだけで寄ってくるよ!?」

「ゴーブゴブゴブ、ゴブッ！　ゴブッ！」

「お前わかってないだろ！」

俺と同じく、ゴビーがアリスさんに強い口調で詰め寄ったので、両脇を抱えて引き離した。

ゴビーを持ち上げ、ブランコのように揺らしてやる。すると、楽しそうに笑い声を上げていた。

アリスさんは、というと——なぜか微笑んでいた。

「よかった」

「いや、よくないから」

速攻で否定する。自分のリアル事情が知られていいことなんて一つもない。

「いえ、あの、そうですね。でもヴンダーさんと会えてよかったなって」

「そういうことも駄目！　いい？　俺みたいなチョロい男は、女性に優しくされたらすぐ惚(ほ)れちゃうの！　気をつけて!?」

まったく、次から次へと本当に困った人だ！

「ふふっ、わかりました」

「ゴブッゴブッ！」

「ブランコは終わりだっつーの！」

人の気も知らず呑気に楽しんでいるゴビーを下ろし、再び歩きだす。

やがて俺も一つ気になっていたことを思い出し、彼女に聞いてみることにした。

「そういえば、なんで下着一丁の男に話しかけたの？」

「他の人は足早に移動していたので、声をかけられなくて……」

おっとりしてて、ちょっと抜けてる。

そんなアリスさんを見ているうちに、いつも課題のプリントを集めるのに苦労しているクラス委員長を思い出した。あの人も真面目だけれど、友達の助けがないと駄目なタイプだからなぁ。

「これからは、下着一丁の男に声をかけないようにね」

「心配してくださり、ありがとうございます。でも私、こう見えて委員長ですから！　しっかりしています！」

……俺は何も聞かなかったことにした。

モニュメントに辿り着き、次からは楽に移動できるように登録して、薬草採取の場である森の前へ。

気にせず森に入るプレイヤーもいれば、周囲で様子見をしているプレイヤーもいる。

掲示板を見たが、まだ盗賊の話題がちらほら載っていた。

「困ったな……」

「ゴブ……」

「森に入らないんですか？」

「盗賊紛（まが）いのことをしている奴らがいるからねぇ」

危険は避けるべきだろう。そう思っていたのに、ゴビーが突然森の中へと走りだした。

「ちょ、待て！」

「ゴブー！」

ゴビーは木の根元を指差し、ぴょんぴょこ跳ねている。

「や、薬草？　見つけたのか？」

「ゴブゴブ！」

「わー、ゴビーちゃんすごいです！」

確かにマップで示されている円の中ではあるが、ギリギリのところ。ここでも薬草は採れるのか。

うーん、それなら近場で探す分には問題ない、かな。

――よし、覚悟を決めよう。密（ひそ）かに円の外側から探すんだ！

「森の奥には入らず、ここそこ薬草を探そうじゃないか！　目指せ十個！」

「はい、行きましょう！」

「ゴーブー！」

俺が小声で号令をかけると、アリスさんとゴビーも声を潜めて力強く返事をする。

なかなか統率がとれているな。悪くない感じだ。

俺も上機嫌で、薬草採取を開始した。


薬草採取は順調に進んだ。ゴビー自身がすごいのか、それともゴブリンの特性なのかはわからない。だが、薬草をどんどん見つけていった。

「これで八個。すごいなゴビー！」

「ゴブゴブー！」

「ゴビーちゃん、すごいですね」

「ゴブー」

照れた様子を見せるゴビー。容姿とは裏腹に、どんどん可愛く見えてきた。

しかし、穏やかな時間が流れ、順調だったのはここまでだ。

森の方からガサガサと何かが走ってくる音が聞こえる。

薬草探しに夢中になって奥に入りすぎた。嫌な予感がし、すぐに二人へ声をかける。

「森から出よう！　急いで！」

俺は踵を返して、アリスさんとゴビーを急かす。

「あの……」

「ゴブー……」

なぜか躊躇うような声が後ろから聞こえるが、二人の意見を聞く暇はない。

「早く！」

「もう捕まってるけどな」

「えっ」

振り向くと、そこには申し訳なさそうな顔をしているアリスさんとゴビーがいた。

森の奥から聞こえる足音はまだ遠いが、それとは別に、近くに賊がいたらしい。

男はアリスさんの首元を左腕でホールドし、手ではゴビーの首根っこを掴んでぶら下げている。

そして、右手にナイフを握って二人に突きつけていた。

これは困ったことになった。率直にそう思う。

俺とゴビーだけなら、殺られてもよかった。いや、よくはないが。

まあでも、盗られるものは薬草くらいだし、さっき同じことを経験したばかりだからショックも少ない。

だが、アリスさんはゲーム初心者だ。ここで殺されれば、きっともうインすることはない。このゲーム、面白くないなぁと思ってしまうだろう。

まだ初日で、俺も数時間しかプレイしていない。

でも、それでも、この美しい世界が、楽しいはずのゲームが面白くないと思われてしまうことは――なんとも耐えがたいものがあった。

「よう、また会ったなゴブリン使い。パンツ一丁のままとは笑わせてくれるぜ」

アリスさんとゴビーを捕まえているのは、さっきも会った盗賊プレイヤーの一人だった。

「そう思うなら服くらい返せよ」

「ハッハッハッ、あんなゴミ、もう売っ払っちまったよ！」

くそっ、今の俺には喉から手が出るほど欲しい装備なのにゴミ扱いか。人から奪った薬草や装備で金を得ているくせに、本当に腹が立つ奴だ。

しかし、俺には倒す手段がない。一瞬の隙を作り、せめてアリスさんだけでも逃がす方法を考えるしかないだろう。

何か、何かないか？　目だけを動かし、周囲を急いで観察する。

「おいおい、誰か来るまで俺が何もせずにいるとでも思ってんのか？　すーぐにまた殺してやるよ」

「ゴブッ！　ゴブゴブッ！」

「安心しろ、てめぇも一緒だ！」

暴れるゴビーに向かい、男はニヤリと口を歪めた。

何もない！　俺は無力だ！

唇を噛み、二人に申し訳なくて目を伏せる。

すると、男の後ろにある足元の土が、少しだけ色が違うことに気づいた。

――そうか、あれだ！

俺は、口をひょっとこみたいに突き出し、デタラメの妙な踊りを始めた。

「おひょひょひょ、うぴょぴょぴょ」

「な、なんだ？　頭でもおかしくなったか？」

「ヴ、ヴンダーさん、大丈夫ですか！　今、ヒールします！」

アリスさんにまで言われて心が傷ついたが、今はそれどころではない。

俺は必死に変な踊りを続けた。そして、少しずつ男に近づいていく。

「にょろふよへにょろーふよひょほぴぴー」

「こ、こっち来んじゃねぇ！」

男が、一歩下がった。

ズボッといい音がし、相手の体勢が崩れる。

よし！　さっきゴビーが掘った穴に見事嵌まってくれたぜ！

この一瞬の隙を逃さず、走って一気に距離を詰め、顔面にパンチ！

サマナーの打撃なんて威力はないかもしれないが、意味はある！

相手が怯んでくれたので、アリスさんの腕を引っ張って男から解放した。

「ゴブーッ！」

「いてぇ！　こいつ噛みやがった！」

ぶら下げられていたゴビーが、すかさず男の右手に噛みついた。

「いいぞゴビー！　逃げるぞ！　アリスさん走れる？　いや、走って！」

「わ、わかりました！」

二人と一匹で、全力で駆けだした。

だが、相手もすぐに追いかけてくる。

チラッと後ろを振り返ったが、男の顔は真っ赤で、烈火のごとく怒っているのがわかった。

しかも、仲間が合流したらしく、奴の後ろからさらに二人の男が追いかけてくる。

急げ、急げ、急げ！　森の出口はすぐそこだ！

でも無理！　相手のほうが速い！　ステータスの差か⁉

仕方ない、逃げ切るにはもう一手必要だ。

俺は足を止め、ゴビーを持ち上げた。

「ヴンダーさん！」

「いいから走って！」

驚いて足を止めようとしたアリスさんに、俺は鋭く告げる。

そして、両手で持ち上げたゴビーを高く掲げ――

「ゴビー！」

「ゴブッ！」

「――すまん！」

思いっきり相手に投げつけた。

頭と頭がぶつかり、先頭を走っていた男の動きが止まる。

残り二人は俺へとまっしぐらだ。

すぐにジャンプし、目星をつけていた枝を掴んで木に登る。

そして相手の動きが止まるよりも先に飛び降り、全力でドロップキックをかましてやった。

「ぐほっ」

「おっしゃーー！」

ダメージはなくともノックバックはあるし、足止めもできる。ＶＲＭＭＯ様様だぜ！　クリックゲーとは違うんだよ！

追手の二人は絡み合いながら倒れたので、ゴビーを拾い上げて再度駆けだす。

……だが、ここまでだった。

ピュッと鋭い音がし、矢が足元に刺さる。

ゴビーの頭が鼻に当たった先頭を走っていた男は、いつの間にか復活し、弓矢を構えていた。

俺はこれまでかと思いつつ、だったら気の済むまで文句を言おうと思って叫んだ。

「盗賊みたいなことしやがって！　この卑怯者が！」

「うるせぇ！　ただじゃおかねぇぞ！【トリプルアロー】！」

この男はアーチャーだったのだろう。スキル名からして、三本の矢が――なんて考えている間にトリプルアローは発動し、三本の矢が俺に迫ってくる。

今度こそ終わりか――

ガキンガキンガキンッ。

――と思ったが、矢は俺に刺さらなかった。

目の前に現れたのは、マントをつけた鎧の男。金髪碧眼のイケメン。王子様のような男だ。

「どうやら間に合ったみたいだな。大丈夫かい？」

「助かりました！」

「ゴブー！」

俺たちを振り返った男を見て、アリスさんはパッと笑顔になって息をつき、ゴビーもぴょんぴょんと跳ねて喜ぶ。

「ふっ、騎士として当然のこと。ここは僕に任せて、君たちは逃げたまえ」

「ありがとうございます！」

痛いロールプレイだー！　などとツッコむ余裕はなく、お礼を言ってすぐに踵（きびす）を返す。

すると、金髪イケメンの仲間と思われる、十名ほどのプレイヤーがいた。

道を開けてくれたところを見るに、「ここは俺たちに任せて先に行け！」ってやつだ。

普通なら死亡フラグにしか思えないが、今回は彼らのフラグではなかったらしい。

走る俺たちの後方から、泥棒野郎たちの叫び声が聞こえてきたからな。

◇　◇　◇

森を抜け、離れる。俺たちはモニュメントの近くで座り込み、動けなくなっていた。

乗り切った。全員無事で。

他のプレイヤーに助けられたとはいえ、最悪の結末を避けられた。そのことが嬉しく、思わずガッツポーズをする。

「よーっし！　逃げ切った！」

「はい、やりました！」

「ゴーブゴブゴーブー」

皆でハイタッチを交わし、生存を喜ぶ。

そんな浮かれていた俺たちの前に、先ほど助けに来てくれた騎士が現れた。

「やぁ、無事でなによりだ」

「本当に助かりました」

「気にしないでくれ。君は前に装備まで奪われたらしいね」

騎士はゴソゴソと袋から何かを出し、俺に差し出した。

それは、装備。初期装備ではないことが、見ただけでわかった。

助かる、受け取りたい、厚意に甘えよう——そんな思いがよぎったが、俺は無言で首を横に振った。

「ドロップ品だから、店売りの装備より強いと思うよ？　僕は魔導士系の装備は使わないし、余っているものなので、有効活用してもらえればと思うのだけれど……」

「すみません、お気持ちはありがたいのですが、それはなんか違うんです。やっぱり自分でどうにかしないといけないと思うんで……」

俺は、ゲームでどんな困難があっても可能な限り自力で乗り越えたいと思っている。

もちろん、仲間と協力してプレイする楽しみもあるが、自分でどうにかできることなら、苦労してでも自力で解決したい。そういうのも、ゲームの楽しみの一つだと思っている。

それに、今回は盗賊紛(まが)いのプレイヤーから助けてもらっただけで充分。さらに装備を貰うなんて、甘えすぎだと思う。

「ふむ」

気まずい空気が流れる。せっかく善意で申し出たのに、断られればいい気はしないだろう。

だが、彼はもう一度何かを差し出した。

それは、お金。大した金額ではないが、装備を買えということだろう。

「いえ、ですから――」

「貸しにしておくよ。落ち着いたら返してくれるかい？」

断ろうとした俺の言葉を遮り、騎士はにっこりと微笑む。

「うぐぐ……」

「ゴブブ……」

なぜか真似をしているゴビーはともかく、俺は悩みに悩んでいた。

ここまで言われて断るのは悪い気がするし、なにより助かるのは事実だ。とはいえ、受け取るのは、やはり俺のプレイスタイルに反する。うーん、どうしようか……。

だが、悩んでいる俺をよそに、スッとアリスさんが一歩前に出た。

「ありがとうございます、お金ができたら返しに行きますね」

「アリスさん!?」

「断り続けるのも失礼ですよ」

「うぐっ……」

そう、確かにその通りだと思うし、俺もわかっていた。

装備だと譲ってもらった後に返しづらいが、お金なら返せる。お金を稼いできちんと返せば、それで問題ないはずだ。

そう考えた俺は、ありがたく受け取ることにした。

「……ありがとうございます。必ず返します」

「あぁ、楽しみに待っているよ」

朗らかな笑顔。あぁ、騎士様。痛いロールプレイなんて思ったことをお詫びいたします！　あなたこそ真の騎士です！

思わず拝んでしまう。騎士様は困った顔で笑っていた。

っと、そうじゃない。お金を返すためにも、やっておかないといけないことがある。

「あの、名前を聞いてもいいですか？　自分はヴンダー、彼女はアリスさんです。できればフレンド登録もしていただけると、スムーズにお金を返せるのですが」

「僕の名前はカイル。フレンド登録も喜んで」

名前は表示されているが、聞くのが礼儀。

俺の初めてのフレンド登録相手に、真の騎士様の名前が入る。

その流れで、アリスさんともフレンド登録。彼女は初めてのゲームに慣れておらず、多少手間取っていたが無事に完了した。

やることが終わり、一度町へ戻ろうかと思ったときだ。

ふと気づいたように、アリスさんが尋ねた。

「カイルさん、あの人たちはどうなったんですか？」

ああ、さっきの悪質プレイヤーか。悲鳴が聞こえてきたから、酷い目には遭ったはずだけど。

「……彼らは『こんなクソゲー二度とやらねぇよ！』と捨て台詞を残して、ログアウトしていったよ。経験上だけれど、もうプレイすることはないだろうね」

「はぁ、そうですか。市中引き回しとかしないんですね」

「えっ⁉」

「へっ⁉」

「ゴブッ⁉」

アリスさんの呟きに、カイルさんはもちろん、俺とゴビーもぎょっとして声を上げた。

「……え？」

しかし、アリスさんはなぜ俺たちがそんな反応をしたのかわからないらしく、不思議そうな顔をしている。

ほんわかとした顔で怖いことを言う。

一番恐ろしいのが誰なのか。その答えを垣間見たような気がした。

モニュメントに触れ、町へ戻る直前。クエストを達成できたのかどうか確認するため、薬草がいくつあるか数えた。

「ひーふーみー……九個、か」

「後一つでしたね」

「ゴブー」

少し残念に思っていると、カイルさんがくすりと笑いながら言う。

「いるかい？　薬草」

彼の問いに対し、俺たちは首を横に振る。

「だって俺たち……」

「守護者（ガーディアン）ですから！」

「ゴブー！」

世界を救う守護者（ガーディアン）が人から薬草を譲ってもらってクエスト達成なんて、やっぱり違う。

俺たちの答えはわかっていたのだろう、カイルさんは笑顔で頷（うなず）いた。

その後、町に戻って装備を整え直し、また東のモニュメントから森に行って薬草を一つ入手した。

なんの邪魔もなく、あっさりとだ。

クエストの報告をし、経験値が増えてレベル2となる。思わずにんまりしてしまった。

これが、俺たちの【ユグドラシル・ミリオン】の初日の結果だ。

色々なことはあったが、終わりよければ全てよし。そう悪くないと思える一日だった。

二話　スライムでも厄介

——翌日。時間は十三時。

俺はアリスさんがログインするまで、待ち合わせ場所である大樹の前で正座していた。

……パンイチで。

まぁそれはいいとして、昨日レベルが上がったので、ボーナスポイントが入った。

レベルアップするとジョブ特性に応じて全体的なステータスが上がるが、それとは別にボーナスポイントが1ポイント与えられ、それを好きな項目に振れるらしい。

【ユグドラシル・ミリオン】で設定されているキャラのステータスは、ＳＴＲ・ＶＩＴ・ＨＩＴ・ＡＧＩ・ＩＮＴ・ＬＵＫの六種だ。

ＳＴＲは攻撃力。これが高いほど、敵を早く倒せるようになる。

ＶＩＴは体力で、ＨＰの上昇値に影響する。ＶＩＴを上げればＨＰも高くなるので、死ににくくなる。

ＨＩＴは命中率だ。攻撃でミスが出るのは不快なので、重要だろう。

ＡＧＩは素早さと回避力。素早く動け、攻撃速度が上がる。当然、避けやすくもなる。

ＩＮＴは魔力で、ＭＰの上昇値、魔法の威力、魔法防御力に影響する。魔法使いには必須なやつだ。

ＬＵＫは……よくわからん。『運が上がる』と記載されているが、運が上がるとどうなるかは謎だ。

つまり、ＬＵＫは超強いやつか、単にＲＰＧの雰囲気を出すためだけに設定されたゴミステータスだろう。

俺は迷わずＬＵＫに振った。

ふへへ、ＬＵＫサマナーとか、まるで需要がなさそうなところが堪らないぜ。

レベルアップで基本のステータスは上昇するし、ずっと弱いままというわけではないから、普通に遊ぶ分には問題ないだろう。

ボーナスポイントの振り方で他のプレイヤーとの差は広がるのかもしれないが、俺の場合は楽しさ優先。

ＬＵＫが０から１になったのをにやけつつ見ていると、肩をトントンと叩かれた。

「遅くなりました」

「いや、大丈夫だよ」

「ゴブー！」

アリスさんは申し訳なさそうに……ではなく、怪訝(けげん)そうな顔をしていた。

ええ、そうですよね。誰だってそんな顔をすると思います。

「ヴンダーさん」

「はい、説明します」

みなまで言われる前に、俺は即座に答えた。

「そうしていただけると助かります」

「では、なぜ俺がパンイチなのかと言いますと……」

「ゴブゴブー」

こう、イメージ的にはもやもやーっと回想の煙だかなんだかが出た感じだ。

◇　◇　◇

少しだけ時間は遡(さかのぼ)る。

午前中からインしていた俺は、ゴビーと町を散策していた。何か面白い場所はないかなーとか、そんな感じでだ。

で、見つけてしまった――泣いている天使の姿をした女の子を。

「どうしたの？」

「ゴブー？」

泣いている子がいたら話しかける。人として当たり前のことだ。

「ひっく……ひっく……」

しかし、泣いているばかりで何も答えてくれない。

俺は道端に座り込んでいる女の子の隣に腰を下ろし、少女が泣き止むのをゆっくりと待った。

……だが、一向に泣き止まない。普段、幼い子との接点がほぼない俺には、荷が重すぎる案件のようだ。

困り果てた俺がとった行動は――

「よいしょっと」

「ひっく……えっ？」

ゴビーを少女の肩へ乗せ、さらに彼女を俺が肩車する。

泣いている子の八割は迷子！　根拠のない持論のもと、俺は早速移動しようとした。

ゴビーを女の子に乗せたのは、ちょっとしたサービスだ。あれでよく見ると可愛いし。

「大丈夫、すぐにお父さんとお母さんを探してあげるよ」

「……わたし、迷子じゃないよ？」

「ｏｈ……」

「ゴブッゴブブーッ」

「っとと、暴れるな！」

「くすくす……」

予想は完全に外れたが、少女が笑ってくれたから、まぁいいだろう。

俺はそのままの状態でバランスをとり、少女と話し始めた。

「で、どうしたの？」

「んっと、お買い物を頼まれたのに……」

「お金を使っちゃった！」

「ううん、落としちゃったの」

「ゴブッゴブゴブッ！」

「だから暴れんなって！」

ゴビーがあまりにも暴れるので、仕方なく少女を降ろす。少女は別に何も気にしていないようだったが、ゴビーは物凄くへこんでいた。そんなに肩車が楽しかったのか？

まぁ、こいつのことはいい。問題は彼女が落としたお金だ。

こう言っちゃなんだが、俺はお金がない。むしろ借金がある。

「えーっと、お母さんに謝るってのはどう？　一緒に行ってあげるよ？」

「でも、怒られちゃう……ぐすっ」

「うわわわわわ、泣かないで！　ほら！　泣かない！　ね？」

「う、うん」

「ゴ、ゴブゴブー！」

ゴビーと二人で少女をあやす。

そしてなんとか泣き止んでもらえたので、俺は彼女がここに来るまでに歩いた道を教えてもらうことにした。

やることは一つ。落としたお金を見つけ出すことだ。失くしたのは花の刺繍がついたお財布袋だそうなので、それを探すことにした。

——しかし、現実はそんなに甘くない。午前中をフルに使ったが、落としたお金は見つからなかった。

少女はすでに自分の未来を想像し、半泣き状態だ。

「怒られちゃうよね、怒られるよね……」

俯いて力なく呟く少女を見て、俺は腹を括った。

「うーん。仕方ない、最終手段だ。おいで」

「え？」

「ゴブ？」

首を傾げている少女とゴビーを連れ、俺は近くの商店に向かった。

「はい、いらっしゃい」

店主のＮＰＣに近づき、早速声をかける。

「どうもどうも。俺の装備、いくらで売れる？　え？　そんなに渋いの？　全部売らないと駄目じゃないか……仕方ない、全部買い取ってください」

買った値段より下がるとは思っていたが、予想以上に安かった。

俺は装備を売るため、そそくさと服を脱いで店主に渡す。

「え？　え？　え？」

「ゴ、ゴブーッ！　ゴブゴブ！　ゴブーッ！」

「言いたいことはなんとなくわかるが、しょうがないだろ」

俺は手に入れたお金を少女へ渡し、「今度は気をつけてね」と告げて別れた。

少女は最後まで困った顔をしていたが、あの子が泣かないで済むのなら、これくらいお安い御用だ。

「――という次第でございます、はい」

一通りの説明を終えると、アリスさんはにっこりと微笑んだ。

「いいことをしましたね」

「はい！」

「でもカイルさんにお金を返さないといけないんですから、もうちょっと考えたほうがよかったんじゃ？」

「はい……」

至極もっともな意見なので、何も言い返せない。

パンイチ正座で俯いていると、俺の肩にゴビーが手を載せる。

その顔は、「いいんだぜ、お前はいいことをしたんだ。誇れよ」と言っているようだった。まあ、勝手にいいほうへ解釈しただけなんだけどね。

「とりあえず、お金稼ぎです。今日はスライム退治をする予定ですよね？　それで初期装備を買い直しましょう」

「うっす、すみません」

「ふふっ、いいですよ。私、楽しくなってますから」

アリスさんはなぜか嬉しそうに笑っている。たぶん、俺がパンイチなのに慣れて感覚が麻痺してしまったのだろう。本当に申し訳ない。


俺たちは東のモニュメントへと向かった。

スライム狩りをしている人はもうほとんどいないらしく、ガラガラだ。

「どう戦いますか？」

「ゴビーが一匹だけのスライムを狙って、アリスさんは回復。俺は援護、ってとこかな」

「ゴーブゴブッ！」

「待て待て」

早速突っ込もうとしているゴビーの首根っこを捕まえる。スライムの塊に突撃するのはやめていただきたい。

まずは一匹だけではぐれているスライムを探す。こいつらがリンクすることはわかっているので、コツコツ倒さないとな。

少し探し歩くと、ちょうどいい感じに一匹だけのスライムを発見した。

「ゴビー、いいか？　あいつだ。あいつをやるんだ。わかるな？　リンクしたら、すぐに逃げてこい」

「ゴーブーッ！」

気合充分なのだろう。フンスッと鼻を鳴らし、ゴビーは雄々しくスライムに突撃した。

ゴビーが殴る、スライムが反応する、俺は魔法の準備をして……放つ！

「フレイム！」

スライムに炎の魔法が当たる。前よりどれだけ威力が上がったのかはわからないが、少しは違うはずだ。

次のフレイムを撃とう……と考えていたのだが、スライムは動かなくなっていた。上に乗ったゴビーが、ピョンピョン飛び跳ねている。

「倒した……？」

ぼうっとゴビーを眺めていると、アリスさんが駆け寄ってきた。

「ヒール。これでゴビーちゃんも回復しました。次にいきましょうか！」

「た、倒した！　おいゴビー！　倒したぞ！」

「ゴブッ！　ゴーブーッ！」

やっと状況を把握して、感動のあまり二人で抱き合う。

アリスさんは不思議そうな顔で俺たちを見ていた。

彼女にはわからないだろう。スライムにボコられた意趣返しが、やっとできたことを。……言ってないんだから当たり前か。

まぁそれはともかく、俺たちはついにスライムを倒した。この世界で最弱の存在ではなくなったのだ！

「よし！　この調子でドンドンいこう！」

「ゴブッ！」

「はい！」

正直に言おう。俺は調子に乗っていた。

だから、ゴビーの迂闊（うかつ）な行動を見逃す。そしてやられるのだ。

『ゴビーが死亡しました』

ゴビーが近くのスライムを殴り、そいつらがリンクする。そして三匹のスライムにボコられ、ヒールも間に合わずゴビーは死亡。

すかさず襲い掛かってきたスライム一匹に、俺は慌ててフレイムを放って倒すも、その直後、残り二匹のスライムにボコられて死亡。

ボコられている間に、なんとかアリスさんに「逃げて」と告げるだけで精一杯だった。

モニュメントに戻ると、アリスさんが笑顔で出迎えてくれる。

「先ほどはありがとうございました」

しかし、俺とゴビーは無言でアリスさんの前に正座した。

「あ、あの、元気出してください。一匹ずつやっていきましょう？　私のヒールも遅かったですし……」

「ふ、ふふふっ」

「ゴブッ⁉」

俺が笑い出したことで、ゴビーが慌て始める。

それはアリスさんも同じだった。

「頭でもぶつけましたか⁉　ヒール！　ヒール！　ヒール！」

「違う違う……違うからヒールやめて⁉　頭がおかしいと思われているみたいで、ちょっと傷つくんだけど⁉」

ヒールをかけるのをやめていただき、俺は立ち上がる。

三人で、スライム一匹はいける、三匹はいけない——なら、二匹は？

ゲームで大事なことは、どこまでいけるかを知ること。強くなって、できることも増えている。

少しずつ遊びの幅が広がるなんて、こんな楽しいことはない。

「次は俺がフレイムを最初に撃つ。何発でスライムを倒せるか調べよう」

「やられたのに元気ですね。それでこそヴンダーさんです！」

「だから頭悪い人みたいに言わないでくれる⁉」

やんわりと毒舌だな、とアリスさんの知られざる一面を見る。これも面白いところだ。

俺たちは行動を再開し、一匹だけのスライムを探す。

うまいこと見つけられ、俺は二人を下がらせた。

「フレイム！」

スライムに炎が当たる。距離はまだあるので、二発目の発動は間に合うだろう。なので、すかさずもう一発！

「フレイム！」

命中、そして撃退。

今の俺はフレイム二発でＭＰ切れするが、レベル１で一発しか撃てなかったときとは大違い。立ち回りさえしっかりすれば、ソロでもスライムを倒せる。

さて、では次を試さないとな。

「ゴーブゴーブゴーブブブー」

「嬉しそうにしているが、次はお前の番だ。スライムと一対一で戦ってこい」

「ゴブッ⁉」

なんだその、「え？　マジっすか？　冗談きついっすよー」みたいな顔は。

俺はニッコリと笑いかけ、ゴビーの首根っこを掴んで持ち上げた。

「ちょうどあれが一匹だな。ほれ行け！」

「ゴブウウウウウウウ!?」

ゴビーをぶん投げる。ファーストアタックは頭突きだ。

ゴビーはぶつけた頭を撫でていたが、スライムに一発食らってすぐに石斧を構える。

頑張れ、お前ならやれる！

「ゴブッ！　ゴブゴブッ！」

「頑張れ！　いけ！」

HPゲージが少しずつ減っていくのを見て、アリスさんが一歩前に出る。

「ヒールを――」

「待った、ギリギリになったらかけて」

そう、これは実験だ。ゴビー一人で、どこまでやれるのかを確かめたい。

「わかりました」

激戦を繰り広げるゴビーとスライム。

そして、最後に立っていたのは――

「ゴブウウウウウウウウウウウウウウッ！」

ゴビーだった。

一対一でも勝利できる。

つまり、俺がフレイムで先制し、別のスライムがリンクしたらゴビーが抑える。そうすれば、二匹までのスライムなら倒せるということだ。

嬉しそうに駆け寄ってくるゴビーを、両手を開いて出迎える。

よくやった！　よくやったぞ！

「ゴブーッ！」

「げふぁっ！」

鳩尾（みぞおち）にゴビーの頭が刺さる。投げたことへの復讐（ふくしゅう）ってか!?

「この野郎！」

「ゴブゴブッ！」

お互いの顔を引っ張ったり押したりしながら、もみくちゃになる。

俺たちを見て、アリスさんはいつものようにクスクスと笑っていた。

「二人は仲良しですね。召喚獣は言うことを聞くペットみたいなものだと公式サイトに書いてあったのに、二人は友達みたいです」

「おうよ！　俺たちはズッ友だから――殴るな殴るな！　もう投げないから許せ！　……なるべくな」

「ゴブッ！　ゴブゴブッ！」

「今、小声でなるべくって……」

「よし！　ゴビーも納得した！　一匹、もしくは二匹のスライムを狙っていこう！」

アリスさんの突っ込みは聞かなかったことにして、狩りを再開する。

スライムを倒し続け、俺たちがレベル3になったのは夕方のことだった。

町に戻り、初期装備を買い直す。裸じゃないことに感謝だな、原始人から文明人になった感じだ。

「次は借金を返さないといけませんね」

「あぁ、頑張らないとだな。それじゃぁ、また明日！」

「はい、また明日！」

「ゴブーッ！」

アリスさんに別れを告げ、ログアウトする。

夏休みとはいえ連日遊び続けていると親がうるさいため、早めに落ちた。

それにしても、数時間狩りをしてレベル3かぁ。スライムから得られる経験値が少ないのか？

運営側としては長く遊べるように配慮しているのかもしれないが、爽快感は少し欠けている。

……だが、面白い。工夫し、少しずつ強くなる。効率を重視して一気に強くなるよりも、俺には向いていた。

でも、アリスさんはどうなんだろう？　楽しそうにしてくれているが、本当はもっと早く強くなりたいんじゃないか？

そんな不安こそあったが、もしアリスさんが別行動したいと言い出したら、それはそれで仕方ない。またゴビーと二人で狩りをすればいいだけの話だ。

俺はニヤニヤしつつ公式サイトを眺める。

東西南北のモニュメントが結界の基点。それを守らないといけない。

つまり、イベントが起きたらあれを守ることになるんだろう。クローズドβでイベントが開催されるとは思えないが、一度くらいはあるといいなぁ。

「ご飯よー」

「はーい！」

母親の声が部屋に届き、ブラウザを開いたまま席を立つ。明日は何をしようかなーっと！

三話　初めてのウルフ討伐

公式サイトでＰＫ（プレイヤーキル）についてと、ＰｖＰエリア——対人戦エリアの実装を検討と書かれているのを見て、いつものようにゲームへログイン。

プレイヤー同士が戦えることについては賛否あるだろうが、せっかくテストプレイヤーになったわけだし、それよりも今はゲームを楽しむことを優先しよう。

今日、アリスさんと待ち合わせているのは夜。

彼女は「やらなければいけないことがあるから」と言っていたが、決して夏休みの宿題などではないはずだ。断じて違う……と思いたい。

そんな風に現実逃避して、俺はゴビーと適当に過ごした。

「なぁゴビー。お前、ごぶごぶ以外は言えないのか？」

「ゴブ？」

町の広場にあるベンチで休憩しつつ、ふと疑問に思っていたことを口にしてみた。

「例えば……『おはよう！』とかさ」

「ゴ、ゴブァ……」

お、なんか言えそう？

少しドキドキしながら、頑張っているゴビーを待つ。

ちゃんとした言葉が話せるようになり、スムーズな意思疎通が可能になったら？　きっとそれは、想像している以上に素晴らしいことだろう。

準備が整ったのか、ゴビーが俯き気味だった顔を上げる。

俺も応援の気持ちを込めて、笑顔で頷いた。

「ゴブァ、ゴブァ……」

「おはよう、おはようだ」

「ゴブァ……ゴブァボ……ゴブゴブ！」

「惜しい！」

もうちょっと。後一歩。

俺たちは言葉の練習を続けたが、ゴビーは結局、「おはよう」を言えるようにはならなかった。

まぁ、そんなものだろう。

◇　◇　◇

そして夜になり、いつもの待ち合わせ場所である大樹へ到着。

俺はすかさず装備を外し、パンイチで正座した。

通る人たちがひそひそと話をしている。不憫(ふびん)だ、とか。あれが噂の、とか。

……噂の？　もしかして、俺って噂になってるの⁉

今日を限りに、パンイチにはならないようにしよう。

そんな当たり前のことを考えていると、待ちわびていた人物が現れた。

金髪碧眼、白いシスター服。アリスさんはこちらに笑顔で手を振り、ピタリと止まった。

「あの、ヴンダーさん。今度は何があったんですか？」

若干呆れた声色のアリスさんを無視し、装備を出してつけ直す。初期装備姿の俺を見て、彼女はキョトンとした。

「え？　え？」

「さぁ、今日は何をします？　クエスト？　レベル上げ？　やりたいことはたくさんありますね」

「いえ、あの、えっと、えぇ？」

「ゴ、ゴブー」

どことなく気まずそうな声を上げるゴビー。

しかし、俺は満足していた。やり切った、とも言えるだろう。

いい気分で歩きだしたのだが、肩を掴まれる。

「ヴンダーさん」

「はい、なんですか？」

振り向くと、そこには笑顔なのにとても恐ろしいオーラを出すアリスさんがいた。

からかわれていたことに気づいたのだろう。そして、俺はやり過ぎてしまったのだ。

ここは第三者を間に挟み、いったん場を落ち着かせ……って、ゴビーの奴、アリスさんの後ろに隠れてやがる！

助けがないとわかり、今度は俺が慌てる番となった。

「あの、その」

「もうこんなことはしないでくださいね？」

「はい！　すいませんっしたー！」

俺はただちに土下座をした。

後日、ドＳ聖女とドＭゴブリン使いの噂が流れることになったが、それは置いておこう。

アリスさんへの謝罪が済み、俺たちは東のモニュメントに辿り着く。

今日はスライムより強い奴を倒そうかなぁ……と考えていたら、アリスさんが一つ咳払いした。

「レベルに応じたモンスターを倒さないと、経験値効率が悪いようです」

「あ、やっぱり。その可能性もあるかなぁって――」

「特にスライムはレベル1専用のモンスターとも言えるらしく、レベル2以降は入る経験値がかなり少ないみたいですね」

「う、うん」

「ゴブー？」

俺が苦い顔をし、よくわかっていないゴビーが首を傾げる。

だが、アリスさんは止まらない。

「レベル2からはスライムではなく、ウルフを狙ったほうがいいようです。ウルフは、そこら辺にいる灰色の毛並みをしたモンスターですね。スライムと棲息域が同じで――」

「ストオオオオオオオオオオオップ！」

「え？」

「ゴブ？」

意気揚々と説明をしていたアリスさんに、待ったをかける。

説明はありがたい。彼女も色々と調べ、力になろうとしてくれたのだろう。

だが、それは、その……俺の望んだプレイとは違った。

できる限り自分で試行錯誤し、どうしようもなくなったら、もしくは無事に突破できたら答え合わせをするために調べる。それが俺のスタイルだ。

アリスさんを責める気はないが、その旨をやんわりと伝えた。

場合によっては、俺たちのパーティーはこれで解散するかもしれない。

少し緊張しながら待っていると、アリスさんが口を開いた。

「わかりました！　確かに、そのほうが楽しそうですね！」

「……あの、怒ってない？」

恐る恐る、尋ねてみる。

「なんでですか？」

「せっかく調べてくれたのに、努力をふいにしてしまうようなことを言ったから……」

彼女のやり方は決して間違っていない。むしろオーソドックスとも言える。ただ、俺のプレイスタイルと合わないだけだ。

気まずさを感じて俯(うつむ)いていたのだが、アリスさんはいつものようにクスリと笑った。

「聞くより見ろ、見るだけでなく考えろ、考えるだけでなく行動しろ、そして行動するだけでなく成果を出そう、ですね。私もそのほうがいいと思います」

なんだ聖女か。

笑顔で頷(うなず)いている彼女を見て、俺は目が眩(くら)むような思いをしていた。

素晴らしい人に出会えたことを、神に感謝したい……！

「ありがたやありがたや」

「ゴーブゴブゴーブゴブ」

「どうして拝んでるんですか⁉　周囲の目が気になるからやめてください！」

「わかりました、癒しの聖女様」

「二つ名もやめてくださいー！」

本当にありがたかったんだから、しょうがない。

が、アリスさんが嫌がっていることだし、やめておこう。

俺たちは今日の目標をウルフ討伐に決め、行動を開始した。


ウルフを見つけるのは難しくない。

スライムと同じエリアに棲息し、昨日もスライム狩りの最中にウルフの姿を見ていた。

もちろん、昨日までは攻撃しなかった。勝てなそうだし、怖いから。

……しかし、今日は違う。俺たちのレベルは3になっている。そう簡単にやられることはないはずだ。

「じゃあ、いつもと同じように俺がフレイム。ゴビーはすぐに追撃。アリスさんは回復を」

「ゴブッ！」

「わかりました！」

よし、始めよう。

早速発見。周囲に何匹かいるが、一匹で行動している奴に狙いを定める。

杖を前に突き出し、背を向けているウルフにフレイムを――いや、撃っていいのか？

ふと嫌な予感が頭をよぎり、俺はピタリと止まった。

俺の動きが止まったことで、アリスさんとゴビーは不思議そうにしている……かと思いきや、それは大きな間違いだった。

「ゴブウウウウウウッ！」

「ちょ、ゴビー！　ハウス！」

だが、すでに手遅れ。

ゴビーはウルフにフレイムが当たると思い込み、真っ直ぐに突っ込んで石斧を振り下ろした。

そして、嫌な予感が的中する。

石斧が当たったウルフが反撃に出て、同時に周囲にいたウルフもゴビーに襲い掛かった。

やっぱりリンクしやがった！　ウルフ同士、少し距離があるから大丈夫かと思ったのに！

「ゴブッ!?　ゴブッ！　ゴブゴブッ！」

「あわわわわ、ヒールヒールヒールヒールヒール！」

「フレイムフレイムフレイム！」

慌ててゴビーを援護する。

二匹のウルフを打倒し、残りは一匹。これならなんとかなるはずだ！

……と、思っていたところで、最後のウルフが遠吠えをした。

自分への能力上昇、もしくは相手への能力低下。行動阻害や状態異常といった効果を持っていることも考えられるか？

様々な可能性を考慮しつつも、倒すことを優先。

すでに俺のＭＰは空になっていたので、最後に残ったウルフへ近づき、ゴビーと一緒に殴り倒した。

「ふぅ……危なかった。ＭＰはもうないよ」

「ヒール。私も空っぽですね。今ゴビーちゃんに使ったのが最後の一回ですぅ」

「ゴブッゴブッゴブッ！」

やばい状況だったことに気づいていないのか、ゴビーは石斧を掲げて勝利のポーズをとっていた。

まぁ、勝ったら喜ぶのは当然のことだ。

俺は座り込み、ＭＰの回復に努める。アリスさんも同じく隣に座っていた。

ＨＰとＭＰは時間経過で回復するのだが、動いたり立っていたりするよりも、座ってじっとしているほうが回復が速い。

似たような仕様は他のゲームにもよくあるのだが、この俺たちの行動は少し迂闊だったと言える。

遠吠えが効果を発揮する前にウルフを倒した、発揮していたとしても、倒したからキャンセルされた——そう思い込んでいたのだ。

ガサガサッと茂みから音がして、目を向ける。

すると、ウルフが一匹、二匹、三匹と現れた。

倒されたら、すぐにポップするのかぁ。その場で再出現ではなく、森から出てくるんだなぁ。

……なんて思って呑気に眺めていると、次から次へとウルフが現れ、俺たちを取り囲んだ。

何かがおかしい。

そう思ったのは俺だけではないようだ。アリスさんは顔を強張らせ、俺に声をかけた。

「……ヴンダーさん、遠吠えって仲間との会話とかで使いますよね？」

「うん、恐らくアリスさんも俺も同じことを考えているんじゃないかな？　助けを呼ぶ、とかも遠吠えだよね……？」

「ゴブッ？　ゴゴブッ⁉　ゴブッ！　ゴブッ！」

「落ち着けゴビー。こういうのをなんて言うか教えてやる」

「ゴ、ゴブッ？」

石斧を手にし、オロオロとしているゴビーの頭に手を載せる。

そして、俺はニッコリと笑いかけた。

「万事休す、って言うのさ。アリスさんごめーん！」

「スライムもリンクでしたっけ？　してましたもんね。当然、ウルフもしますよね。あははっ」

「ゴブーッ！」

乾いた笑いをしたまま、俺たちはウルフにもみくちゃにされた。

救いは、アリスさんが怒っていなかったことくらい、か。

モニュメントに戻され、少し考える。

もしかして、【ユグドラシル・ミリオン】のモンスターは全てリンクするんじゃないか？

「リンクは厄介だなぁ」

「そうですか？」

少し困ってそう呟くと、アリスさんは俺に首を傾げた。

こういったゲームは初めてらしいから、よくわかっていないのかもしれない。

「だって、仲間がやられていたら普通は助けますよね？　ゲームとはいえ、リアルな作りになっているんじゃないでしょうか？」

彼女に言われてハッとする。

ログイン前に見た公式サイトでも、プレイヤー同士で攻撃可能としたのは、味方の射線や魔法の範囲などを意識して戦ってもらうという、リアルさを追求したためだと書かれていた。

つまり、敵がリンクするのも同じ理由なのだろう。

仲間が隣で攻撃されているのに、なんの行動も起こさない。そういったおかしな状況を解消している、ということだ。

不思議なもので、そうとわかると落胆よりも納得が勝った。なるほど、当たり前の行動を起こす仕様になっているだけだ。

「納得したら、急にやる気が出てきた！」

「私もです！　どう戦えばいいか、どうすれば倒せるか。そんなことばかり考えています。やっぱりゲームでも、本気でやるから楽しいんですよね！」

「その通り！　よーし、改めて本気で挑もうじゃないか！　やるぞ、ゴビー！　アリスさん！」

「ゴブッ！」

「はいっ！」

メラメラとやる気が出て、俺たちはさっきの場所へと急ぎ戻った。

そして今度は、すぐには攻撃せず観察する。ウルフたちは移動していたり、寝転んでいたり、その行動は様々だ。

ノンアクティブというだけで助かる。リアルさを追求しているなら、こちらに気づいた時点で何らかのアクションを起こすアクティブモンスターであるべきなのだろうが、そうじゃないだけ、プレイヤーに優しい作りとなっているのだ。

今までの甘えを全て捨て去り、アリスさんと相談しながら考える。

ゲームは本気だから楽しい。その意味を、再度噛み締めていた。

そして作戦が決まり、俺たちは行動を開始する。

まず、ゴビーが狙いをつけたウルフの横へ立ち、俺とアリスさんも続く。

「いくよ？」

「大丈夫です！」

「ゴブッゴブッ！」

スーッと息を吸い、俺はゼロ距離から魔法を放った。

「フレイム！　よし行け殴れ！」

俺たちの持つ攻撃手段の中で一番火力の高いフレイムを入れ、ゴビーとアリスさんの二人がボコボコに殴る。

俺が敵の近くにいる理由は、ウルフに移動されて、ゴビーたちの攻撃する回数が減ることを避けるためだ。

動いてターゲットが入れ替わると、遠吠えを使われてしまう可能性が高くなる。あれを使われたら、俺たちに勝ち目はない。

「もういっちょフレイム！」

二発目のフレイムを撃ち込み、三発目を矢継ぎ早に唱えようとした時だ。

ウルフは遠吠えをすることなく、その場に崩れ落ちた。

俺たちは倒した感動に浸るよりも早く、走りだす。他のウルフとリンクしていた場合、危険度がグンと上がってしまうからだ。

少し距離をとり、振り返る。

だが心配とは裏腹に、俺たちを追いかけてくる影はなかった。

つまり、あれだ。

「勝ちました！　やった、やったー！」

「ゴーブゴブゴブー」

ゴビーがくるくると回っているのを見て、アリスさんも同じように回りだす。和むし可愛いので、そっとオプション機能を起動し画像保存しておいた。

勝った、のか。

思わず息を吐き、拳を握り締める。

経験値はそれなりだが、なによりも充実感があった。

その後も俺たちは同じようにウルフを倒し、たまに失敗しつつも楽しむ。

気づけば、レベルが4になっていた。

「今日はこの辺にしておきましょうか」

ほっと息をつくアリスさんの隣で、俺は頷く。

「そうだね。はー、楽しかった」

「ゴブーッ！」

大の字になって、草原に寝そべる。草の匂いが心地いい。

レベル4かぁ。他の人はもっとサクサクと上げているのかもしれないが、このくらいのペースでちょうどいい。試行錯誤するのは面白いものだ。

モニュメントに戻ってログアウトしようかなと思い、起き上がったところで、ゴビーが声を上げた。

「ゴブッ！　ゴブゴブッ！」

「ゴビー？」

真っ直ぐに、森を睨むゴビー。その方向に目を向けると、何か大きな影が動いているのが見えた。

あれは、なんだ？　目を凝らしてみたのだが、よくわからない。

そのうちに、影は森の奥へと消えていった。

「ゴブー……」

ゴビーは気が抜けたように座り込む。それほどまでに警戒していたらしい。

「あのー、どうかしましたか？」

「あ、いや、ゴビーが大きなモンスターを見つけたようでね」

「大きなモンスターですか!? 見てみたいです！ どこです？」

「もう行っちゃったっぽい」

「そうですか、残念です……」

襲われるなどという心配よりも先に、見たいと思う。ゲームなのだからその感覚は正しい。俺も魔法を撃ち込んでみればよかったかなぁ。

……と、今さら考えても仕方ない。

俺たちはモニュメントに戻り、ゲームをログアウトした。

四話　サブ職業で強くなる？

数日が経過した。だらだらと町を歩いたりしていただけなので、レベルは上がっていない。

今日は、受けていないクエストを消化することに決めていた。

アリスさんはログインしないと言っていたから、ゴビーとのんびりこなす予定だ。

まずクエストを受ける前に、武具を整えようと店へ向かう。

「いらっしゃい」

「どうもー」

「ゴーブー」

軽くNPCの天使へ挨拶をし、棚の上や壁に掛けて並べられている武器・防具を確認する。

ふーむ、なるほどなぁ。

店売りの装備の更新は、レベル5かららしい。つまり、現状はモンスターのドロップ品を使うか、初期装備のままでいくしかない。

もう1レベル上がるまで新しい装備を買うのは我慢することにしたのだが、どんなものがあるのかは気になる。なので、道端のプレイヤーが出している露店を覗(のぞ)くことにした。

「変わった杖があるなぁ」

「それはスライムの素材から作った杖だよ。どう？　買う？」

店主である女性に、そう声をかけられた。

プレイヤーが素材から作り上げた杖、ということか。

このゲームでは、非戦闘系のジョブをサブ職業として設定できるのだが、恐らくそっちのスキルを伸ばしている人なのだろう。生産職は人気があるからな。

戦いたくない、何かを作りたい。そんな人も楽しめるのはいいことだ。

「よかったら手に取ってみて。面白いから」

「面白い？」

「ゴブー？」

触ってていいと言われたので、手に取ってみる。

杖の先に青い宝石はついているが、特別な感じはしない。

しかし、青い宝石を触ったときに衝撃が走った。

ぷにぷにしている。まさにスライム！　柔らかくて気持ちいい！

ゴビーも気に入ったらしく、指先で突いていた。癖になる感触だ……。

しかし、金はない！　いや、厳密に言えば手元にはあるのだが、カイルさんにお金を返すことが最優先。

……そうだ、せっかくだしカイルさんへ返しに行こう。クエストを受ける前に綺麗な体になろう！

俺は杖を返してお礼を言うと、露店から離れ、フレンドの一覧を開いた。

アリスさんの名前は灰色になっているが、カイルさんは白い。どうやらログインしているようだ。

少しドキドキしながら連絡する。

……しかし、出なかった。狩りでもしているのかもしれない。

ガッカリしたような、ホッとしたような。

妙な緊張感から解放され、クエストを受けようと画面を閉じる……その瞬間だった。

ポーンと音が鳴り、カイルさんの名前が浮かび上がる。慌てて触れると、騎士様の声が聞こえた。

『おはよう、何かあったかい？』

「おはようございます、突然すみません。実はお金の都合がついたので、空いている時間があったら教えてもらえますか？」

『ははっ、そんな堅苦しい口調で話さなくても大丈夫だよ。でも、用件はわかった。十分後くらいでいいかな？　町に戻るから、その時に会いに行くよ』

「お手数おかけします。では、大樹の前にある広場で待っています」

『了解、できるだけ急いで行くからね』

連絡が終わり、息を吐く。アリスさん相手では慣れたものだが、カイルさんには緊張してしまう。堅苦しい口調かぁ。もうちょっとフランクに話したほうがいいかな？

首を捻（ひね）りつつ、俺は早めに約束の場所へと向かうことにした。


昼食代わりに、ベーコンの挟まれたパンをゴビーと一緒に食べる。分厚いベーコンっておいしいよねぇ……。

「ゴブッ！　ゴブッ！」

「お代わりはないぞー」

俺より早く食べ終わり、もっと欲しいとせがんできたゴビーに断りを入れたのだが、諦（あきら）めきれないらしく、俺の腕を掴（つか）んで揺さぶる。

「ゴーブーッ！」

「わかったわかった、ほら、俺のを半分やるから」

「ゴブーッ！」

どうせ現実世界に戻れば昼食を食べられるのだからいいかと思い、ゴビーに半分やる。

だが、ゴビーが肉汁溢れるベーコンになんともおいしそうに齧りついたのを見て、少しだけ後悔した。

そろそろ来るかなぁと、ボンヤリしつつ待つこと数分。

ガシャガシャと音を立て、カイルさんが現れた。

「やぁ」

軽く手を上げて近づいてくるカイルさんを見て、すぐに立ち上がる。

「お疲れ様です！」

「……その、別に僕、上司とかじゃないからね？」

「あ、はい、すみません」

カイルさんは苦笑いを浮かべていた。

そういえば、フランクに話そうと思っていたはずなのに。なかなか難しいものだ。

とりあえず時間をとらせるのも悪いと思い、取引画面を表示する。

……レベル30？

カイルさんのレベルは俺の数倍にも達していた。思わず驚き、彼を見る。

「もしかしてレベルのことかな？　さっきの狩りで、やっと30になったよ」

「すごいですね……」

「ゴブー……」

ゴビーと二人で感心していると、カイルさんは困り顔になる。

「ゲームばかりやっている証明みたいで、褒められたものでもないけどね」

レベルが高くても低くても、それぞれに違う悩みがあるものだ。

それは、すでにレベル30になっているカイルさんも同じらしく、手伝ってほしいと声をかけてきたくせに、自分は何もしないでカイルさんに戦闘を任せて経験値を得る――所謂、寄生するだけのプレイヤーに辟易しているらしい。

まぁこういったらあれだが、寄生プレイヤーは俺には縁のない話だ。レベル低いし。

そんな話を聞いているうちにお金の返済が終わり、肩の力が抜けた。俺にとっては、これでやっとスタート地点に立てたようなものだ。

「そうだ、ヴンダーくん。この後、暇かい？　もしよかったら、一緒に狩りとかどうだい？」

「え、いやいや、俺たちじゃ足を引っ張るだけですよ。な、ゴビー」

「ゴブゴブ」

ゴビーは今ひとつ理解できていないようだが、同意といった感じで頷いていた。

そんな俺たちを見て、カイルさんが嬉しそうに笑う。

「俺たちって言い方がいいね。うん、やっぱり君たちはいいなぁ。もう一度こちらからお願いするよ。どうだい、一緒に狩りに行ってくれないかな？」

「えーっと、どうする？」

せっかくのお誘いだし、クエストは今度にするか？　……と、相棒の方へ目を向けると、なぜかいなかった。

また姿を消したのか！　一瞬の隙を突いていなくなるのはやめてくれ。

どうせ遠くには行っていないだろうと、周囲を見回す。

だが、見つからない。ベンチの下まで確認したけれど、見つからない。

不思議に思っていると、カイルさんが自分の背中を指差している。

まさかと思い、カイルさんの後ろへ回り込むと……。

「ちょ、こらっ、なに登ってんだ！」

「ゴーブーゴブゴブー」

「え？　俺より背が高いから面白そう？　誰もそんなこと聞いてないから！」

「言ってることがわかるのかい？」

「いえ、勘です」

まぁでも大体当たっているだろう。俺はゴビーを剥がそうと手を伸ばしたのだが、カイルさんが先に背中に手を伸ばしてゴビーを持ち上げ、肩へと乗せた。

視界が高くなったからか、ゴビーは大喜び。子供のようなはしゃぎっぷりを見ると、こっちまで嬉しくなる。

「で、どうかな？」

「そうですね。じゃあ、足手纏いだとは思いますが、せっかくですので――」

「ヴンダーさーん！　ゴビーちゃーん！　宿題終わりましたー！」

「ぐはっ」

無邪気に駆け寄ってきたアリスさんの言葉で、少なからずダメージを受ける。

ちなみに俺の宿題の進み具合は、三ページだ。三ページ残っているのではない。三ページ終わった、ということだ。

両膝（りょうひざ）と両手を地面につき、がっくりと落ち込む。

しかし、アリスさんは全く気にせず挨拶をした。

「カイルさん、こんにちは」

「こんにちは。アリスさんも、よければ一緒に狩りでもどうだい？」

「ぜひご一緒させていただきます！　あ、ヴンダーさん。今日は半裸じゃないんですね」

俺にちらりと視線を向けたアリスさんは、そう言って微笑む。

「誤解を招くようなことを言わないでくれ。別にパンイチが好きだとかいうわけじゃないからね？」

「では、行きましょうか！」

「お願い、聞いて!?」

すでに歩き始めている二人の背中を見ながらへこんでいると、足をポンッとゴビーが叩いた。慰（なぐさ）めてくれるのはこいつだけかよ……。

俺はゴビーの頭に手を載せた後、二人を追いかけて歩き始めた。

こうなったら狩りで活躍して見返してやる！

東のモニュメントへ行き、赤いスライムと戦い始めた。「スラスライム」という名前で、その雑なネーミングも悪くない。

まず、カイルさんが【アトラクト】というスキルを使う。

すると、スラスライムが一匹引き付けられ、さらにリンクしてカイルさんの周囲に集まりだす。

俺たちなら数秒で灰と化してしまうが、カイルさんは平然と攻撃を受け止めている。アリスさんが回復をたまに飛ばすだけで余裕だ。

ゴビーが殴り、アリスさんが回復、俺はフレイム。しかし、四発撃ったら座ってMPを回復しないといけない。

要するに、俺はあまり活躍できていなかった。

「固い前衛さんがいると、戦闘の難易度が全然違いますね！」

「うん、大事なことだよね」

アリスさんが喜んでいる。俺は座っている。

「ゴブゴブ！」

ゴビーがスラスライムを殴り倒す。俺は座っている。

あ、なんか少し悲しくなってきた。

ゴビーは俺の相棒なのだから、俺が活躍していると言っても過言ではない。そう言い聞かせ自分を慰めていたのだが、すごく切ない。

「攻撃を受ける前衛をタンクっていうんだ。敵のヘイトを集めるスキルを持っているから、他の人が狙われにくくなるんだよ」

「すごいです！　一人しか回復しないでいいからタイミングを見計らうのも楽ですし、ＭＰを温存しやすいです！」

「後はアリスさんのようなヒーラー。ヴンダーくんのようなアタッカー。バッファーとかもいるものの、大体はアタッカー兼バッファー、ヒーラー兼バッファーだね。バッファーを専門にしている人は珍しいけれど、強力なバフを使えるから、ダンジョンとかでは頼もしいんだ」

「覚えておきます！」

これは、よろしくない。

いや、アリスさんが喜んでいることとか、狩りがスムーズに進んでいることが悪いのではない。もっと、俺にもやれることを増やす必要がある。それが明らかになった。

では、ＭＰ回復のため、体育座りをしながら考えよう。

スキルは増えていない。フレイムとヒールだけ。打撃による攻撃力はなく、防御力もない。ならば手数で勝負だ！　と言いたいが、ＭＰはすぐに切れるし素早さもない。

なるほど、詰んでるな。

立ち上がり、フレイムを四発。そしてまた座る。

「サブ職業は、早くとったほうがいいんですか？」

「うーん、そちらのスキルアップにも時間を割くことになるから、人それぞれかな？　僕はまだとっていないよ」

「それだ！」

「ゴブッ!?」

突然声を上げた俺を、ゴビーだけでなく、カイルさんとアリスさんも驚いた様子で見る。

だが、皆が驚いているのはどうでもいい。

そう、サブ職業という手があった。ここで役に立ちそうなサブをとり、俺の地位を上げるしかあるまい。

俺たちのレベルが5になったのと同時に、カイルさんに狩りの中止を申し出る。

そしてサブ職業をとるため、急ぎ町へと戻った。


サブ職業は、色々なところに配置されているＮＰＣに話しかけることで就けるらしい。

選択肢は多いので、事前の調査が必要だ。

さて、どのサブに就こうかな……。

「サマナーだし、ＩＮＴにプラス補正がかかるのはどうだい？」

「いいですね。でも習得できるスキルも加味したいところです」

カイルさんの提案はもっともだが、単にＩＮＴを上げるだけでは面白くない。

「私はとりあえずヒーラー一筋にします」

アリスさんは、今回はサブ職業には就かないようだ。

「サマナー一筋ってのもいいけれど、もっと色々なことがやりたいよね」

足手纏いになること自体は別に気にしないが、座って立ってフレイムするだけは悲しい。やはりここは、サブをしっかり選ぶしか……。

「ダウザー？」

サブ職業がずらっと記載された紙に目を通していると、よくわからない職業があった。

なんだろう、このサブ職業は。名前だけ見るに、デバフをかけられる職業なのかな？

デバフで支援をするっていい。味方の攻撃力が上がらずとも、結果的に威力を上げられるから充分な恩恵がある。うん、いいじゃないか！

よし、これだ！　拳を握って頷くと、カイルさんがダウザーの説明をしてくれた。

「ダウザーは、ダウジングをするサブ職業だね」

「はい、ちょっと待ってください。ダウジング？」

また聞いたことのない単語が出た。

「うん、こうペンダントとかを吊るして、レアな物を見つけ出して採取するって技術だ。ただ、このサブ職業をとっている人を見たことがあるけれど、宝くじかってくらいにアイテムが見つからないんだよね」

「うーん、それだとヴンダーさんも困りますよね。……ヴンダーさん？　どうして笑ってるんですか？」

「ふふふっ」

「ゴブブッ」

「真似すんな」

ゴビーの頭を押さえつけた後、俺は思い切り手を上げて告げた。

「ダウザーになります！」

「え？　でも、あまり役に立たないよ？」

「そこがいい！」

「や、役に立つサブをとるって、ヴンダーさんは言ってませんでしたか？」

「忘れた！」

全く役に立たず、当たればでかいサブ職業。あぁ、なんて魅力的なんだ。

役に立ちたい、強くなりたい。そんなのは些細なことと流して、俺は意気揚々とダウザーに就職。

ＮＰＣから初心者用のダウジングアイテムだという、菱形(ひしがた)の青い宝石のついたペンダントをもらった。

「じゃあ、早速やってみよう！」

「何か見つかりますかね？」

「うん、楽しみだ」

アリスさんとカイルさんが見守る中、ペンダントの鎖を二本の指で摘(つま)み、宝石を吊るした。

その状態で待機し、振れるのを待つ。

「ゴブッ！」

盗られた。

「ゴビイイイイイイ!?」

「ゴ、ゴブ？」

「ごぶ？　じゃねぇよ！　今、待つところ！　ストップ！　ウェイト！　わかる!?」

「ゴブー……」

ゴビーは大人しくペンダントを返してくれたので不問とし、やり直す。

ドキドキ、いつ効果が出るのだろう。

待つ、待つ、待つ。が、何も起きない。これ不良品じゃないか？

「効果範囲がある、とかかな？」

「それですよ、カイルさん！　移動しましょう！」

ということで、宝石を揺らさないようにしながら揺れることを願うという矛盾を抱えつつ、町の中を歩く。

そして――そのときがきた。

「揺れた……止まった！」

「左ですね、細い路地があります」

「よし、行ってみよう！」

「ゴブゴブー！」

子供が宝物を見つけたかのように、俺たちは走る。この道に、この先に、何かがあると信じて疑わずに。

しかし、現実は非情だ。道の突き当たりまで進んだが、これといって目ぼしい物はなかった。

「はぁ、こんなもんか」

「ゴブゴブ」

「ん？　やりたいのか？　ちょっとだけだぞ？」

自分も、とせがむゴビーにペンダントを渡す。うーん、確かにさっきは反応していたんだけどなぁ。

しょうがない、諦めよう。

ゴビーから返してもらおうと思ったとき、よく見るとペンダントが揺れていた。

「え？　召喚獣にもサブ職業の効果って発揮されるの？」

「ゴブーッ！」

ゴビーはペンダントが示した方へと、一目散に駆けだす。

「っと、ヴンダーくん、とりあえず追いかけよう」

「はい！」

ゴビーは来た道を少し戻り、樽の前で止まる。この場所はさっきも調べたが、何も見つからなかった。

……はずだけれど、何かあるかもしれないので一応調べ直す。

するとーー
「あれ？　あそこ、壁に這(は)っている木の根に、袋が引っかかっていますよ」

「あ、本当だ」

カイルさんはアリスさんの指差した方に向かい、少しだけ背伸びをして木の根から袋を外した。

「よっ……と。中には……お金が入っているね」

「おぉ、儲(もう)かった！」

「ゴブ！」

収穫があったことを喜んでいたのだが、大通りに戻ってから、ふとあることに気づく。

この道、最近何度も通った覚えがある。確かーー
「もしかして、あの子の落とした財布？」

「あの子？　誰のことだい？」

「えっと、前にクエスト……ではないんですけど。財布を落として困っている女の子を助けたことがありまして……」

袋には花の刺繍(ししゅう)がついており、あの時に探していた物と特徴が一致している。まさか、こんな偶然があるとは。

問題は少女の家がわからないこと。だが周囲の人に聞いてみると、すぐにそれらしき子が住んでいる家がわかった。

現在地から近くて、徒歩で二分ほど。

あの子、喜んでくれるかな？　と思いつつ、扉をノックした。

「はーい……あっ！」

「こんにちは」

天使の少女が愛らしい笑顔を向け、こちらに走ってくる。俺は両腕を開き、少女を待ち構えた。

が、スルー！　横を通り抜けていった……。

「ゴビーちゃーん！」

「ゴブゴブー」

腕を広げたポーズのまま止まり、やり場のなさを感じていると、アリスさんが俺の顔を覗き込んだ。

「あの、元気出してください」

「よかったら、僕を抱きしめるかい？」

「はい」

「えっ」

まさか本当に抱きつかれるとは思っていなかったのだろう。驚いているカイルさんを抱きしめ、満足した。すごく大きくて硬かったです。

財布を返してあげ、少女に別れを告げる。

だが、立ち去ろうとすると、マントの裾を掴まれた。

「これ、あげるね」

「ん？　花の指輪？」

特になんの効果もない指輪だ。普通に考えれば、アイテムストレージの肥やしにしかならない。

……だが、なによりの思い出の品とも言えた。

「ありがとう」

「うん！」

紐（ひも）を取り出し、指輪へ通す。そしてゴビーの首にかけてやった。

「お、可愛い……かどうかはともかく、いいじゃないか」

「ゴーブー」

「うんうん」

ゴビーも満足げだし、二人も笑っている。こんな穏やかな日もいいものだ。

俺たちは成果に満足し、この日はログアウトした。

五話　白い狼と釣り

夏休みとはいえ、毎日家に引きこもってゲームをしていたらどうなるか。

そう、親に怒られるのだ。もうすぐレベルが上がるのに……。

俺はミーミルを親に取り上げられ、しょぼくれながら机に向かって宿題をしていた。ちなみに全く進んでいない。

いや、少しはやった。五分くらいは努力した。今までの総時間を考えれば、三十分以上は頑張った。

よし、これなら親も満足するだろう。

勝手にそう判断し、【ユグドラシル・ミリオン】の公式サイトを覗く。

「ふむふむ……」

なんかこう、見ているだけでムズムズしてくる。

ゲームがしたい、あっちの世界に帰りたい。

どうして俺はここにいるのだろう？　宿題で無駄に時間を使っていていいのか？

貴重な夏休みをこんなことに……！

一人そわそわしていると、母親の声がした。

「出かけてくるわねー。宿題が終わるまでゲームするんじゃないわよ！」

「はーい」

母が仕事に行くために家を出る。玄関の扉が閉まった音を確認し、立ち上がった。

しかし油断はしない。俺はそのままストレッチを始めた。

仕事に行ってしまえば、どうせ夜まで帰ってこない。焦るな。

じっくりとストレッチを行っていると、足音を消して近づいてくる気配を感じた。

……やっぱりまだいるな。親ってのは大体こんなもんだ。

バーンッと部屋の扉が開かれる。俺はゆっくりと顔を向け、笑いかけた。

「……じゃあ、行ってくるから」

「いってらっしゃーい」

今度こそ母は出かけていった。くっくっくっ、付き合いは長い。母親の考えなどお見通しだ。

ということで部屋から出て一階へ。喉が渇いたので、まずは水を一杯。

っと、そうだ。ついでに昼食でも食べようかな。

用意されていた昼食を十分で平らげ、お皿を流しに下げる。

すると、不意に居間の扉が開かれた。

「えっ？」

「……ちっ」

「今、舌打ちした!?」

母親は、俺をジロリと見て残念そうに言う。

「なんでもないわよ。ちょっと忘れ物をしただけ。じゃあ、お母さん行ってくるから」

「い、いってらっしゃい」

親というものを見くびってはいけない。少々恐怖を覚えたが、俺は押入れからミーミルを見つけ出し、部屋へ戻った。母親が帰ってくる前に、また同じように戻しておけば問題ない。

◇　◇　◇

ログイン完了！　目の前にはゴビー。数日ぶりの再会だ。

「よっ！　元気にしてたか？」

「ゴブー？」

釣れない返事。ゴビーは花の指輪に夢中なようで、顔をにやけさせている。俺は指輪に負けていることになるが、まぁ文句を言ってもしょうがない。

ゴビーの手を取り、俺は東のモニュメントへ向かった。

そして森の中に入り、ペンダントを取り出す。

本日は、ダウジングをします！　決めていました！

「ゴブッ！」

「お、薬草。いやいや、そうじゃなくてな？」

ちょっと呆れつつも薬草を回収し、ペンダントを吊るした。揺れろ揺れろー。

ピンッとゴビーが指で宝石を弾く。違う、そうじゃない。

しばらくペンダントを吊るしてウロウロしてみたが、結局何も起きず、ゴビーが見つけたものを受け取っていく。

あれ？　もしかしてダウジングしなくても、ゴビーがいれば解決？

なんとなくもやっとしている、その時だった。

後方から、ガサガサと物音が聞こえる。

この辺りにはノンアクティブモンスターしかいないから、誰か他のプレイヤーが来たのかな？

そう考え、呑気にゴビーを小突いていた。

しかし、その空気は一瞬で変わる。

気配を感じて振り向くと、それは悠然と現れた。

自分よりも遥かに大きい、三メートルはありそうな白い体毛の巨大な狼。

目が合っただけで動くことができなくなり、息を呑んだ。

一歩、後ずさる。そして足元にいたゴビーにぶつかり、そのまま尻餅をついた。

ゲームであるはずなのに、恐怖を感じる。俺は目の前にいる巨大なモンスターに、完全に呑まれていた。

「あ……」

逃げないといけない。と、わかっていながらも動けない。

痛いほどの緊張感の中、最初に動いたのはゴビーだった。

「ゴブーッ！」

「まっ」

て、と言うよりも早くゴビーが攻撃し、狼の反撃を受けて死ぬ。ワンパンだ。

即座に体が勝手に動き、魔法を放っていた。

「フレイム！」

ゴビーがやられたことへの怒りだったのかもしれない。ＭＰがなくなるまでフレイムを唱え続けたが、相手は避けることもせず、平然と炎を受け止めていた。

格(レベル)が違う。それを理解したのと同時に、噛(か)みつかれてＨＰが０になる。

　立ち去っていく狼の背を見ることもなく、俺たちはモニュメントへと戻った。


　立ち上がることができず、呆然とする。ゴビーも同じらしく、ポカーンとしていた。

　このエリアにいるボスモンスターか何かだったのだろうか？

　ここで出会ったモンスターとは今までそこそこ戦えていたのに、まるで歯が立たなかった。

「なぁゴビー」

「ゴブ？」

　俺は思いついたことを口にしてみる。

「落とし穴に落として倒せないかな？」

「ゴブゴブ！」

「それじゃ無理そう？　なら罠をたくさん作って――」

「ヴンダーさん！　ゴビーちゃん！」

　声をかけられて振り向くと、そこにはアリスさんがいた。少し慌てていて、興奮しているようでもある。一体どうしたのだろう？

「き、きききき」

「ききききき？」

「緊急クエストです！　大樹の前にある広場へ集まるよう、メッセージが来ていますよ！」

「え？」

画面を確認すると見慣れないアイコンがあり、押したらメッセージが現れた。彼女はそれに気づき、わざわざ呼びに来てくれたようだ。

まぁ、あいつを倒すことは後で考えよう。

ゆっくりと立ち上がり、俺たちはアリスさんとともに町へと戻った。


広場にはすでにたくさんの守護者（ガーディアン）が集まっており、俺たちは後ろの方で待機することにした。

集合に指定された時刻はもうすぐ。普通ならドキドキするところなのだが、さっきの狼のことばかり考えてしまっている。

すると、広場に声が響いた。

「よく集まってくれた、守護者（ガーディアン）たち。日々、君たちがモンスターを倒し、モニュメントを守ってくれていることに感謝している。……だが、大きな問題が起きてしまった。それを解決するため、君たちの力を借りたい」

キャラクターメイキングのときに聞いた声だ。つまり、この人がゲーム内で一番偉いＮＰＣなのだろう。

しかし、大きな問題？

少し緊張しながら待っていると、彼が話を続けた。

「大きな問題というのは、東西南北に強いモンスターが現れたことだ。細かい場所は特定できておらず、様々なところに現れているらしい。この問題を解決してもらいたい」

さっきの狼が頭に浮かび、同時に納得する。なるほど、あれがそのモンスターということか。

周囲の話に耳を傾けるに、少し前から目撃情報があったらしい。どうやら俺たちは運が悪かったようだ。

ＮＰＣの話が終わった後、プレイヤーたちはすぐさまパーティーを組みだした。言うまでもなく、東西南北に現れた強力なモンスターを倒すためだ。

「どうしますか？　他の人も集めてパーティーを組みます？」

「うーん……」

正直、あまり気乗りしない。あの狼には、やられた腹いせに嫌がらせくらいはしたいが、大人数で押しかけて倒すとしても、人間関係が面倒くさい。

「いや、俺はやめておくよ。アリスさんはせっかくだから、やってみたら？」

「はい、カイルさんに連絡してみます！　では、そういうことで！」

「バーイ」

「ゴーブー」

やる気満々な彼女と別れる。他のプレイヤーたちも移動を開始しており、気づけば広場には俺たちしか残っていなかった。

まぁ、こんなもんだ。ゲームが始まって初めての大きな討伐イベントだし、ほとんどのプレイ

ヤーが参加したいだろう。
「じゃ、俺たちはまたダウジングでもしに行くか。ついでにクエストも受けよう」
「ゴブゴブ」
ゴビーも特に異論はないらしく、俺たちはその場を後にした。

◇◇◇

本日受けたのは釣りクエスト！　なんと、受けるだけで釣り竿がもらえるという大サービス付きだ。

東のフィールドには、たくさんのプレイヤーが散開していた。目的はまぁ、言わずもがな。

俺たちは気にせず森を抜け、川へと向かった。

「ふんふんふーん」

「ゴブゴブゴーブ」

あの狼に襲われる可能性がないとは言えない。だが、前回は運が悪かっただけだろうと思っている。

そんなにポンポン出会うなら、もっとプレイヤーの間で噂になっていたはずだし、討伐に動き出すのも早かっただろう。

なので、気にせず俺たちは釣りを始めることにした。

水面は一段低いところにあるので、俺とゴビーは川縁に腰掛けて竿を投げる。

「てやっ！」

「ゴブッ！」

俺の釣り竿は普通の長さ。ゴビーのは少し短め。本当はクエストを受けた時に俺の分しかもらえなかったのだが、ゴビーのために一本購入した。

のんびりと浮きが反応するのを待つ。あぁ、いい天気だなぁ……。

「ゴブゴブッ！」

「お、引いてるじゃないか！　こう、竿を上下に動かして……後は動きに合わせつつ引くんだ」

「ゴブーッ！」

ゴビーが気合を入れて引くのと同時に、水しぶきが上がる。まずは一匹目だ！

「いえーい」

「ゴブー」

魚を桶に入れ、ゴビーと拳をコツンと合わせる。これなら十匹なんてすぐだな、すぐ。

……そう思っていた時期が俺にもありました。

ゴビーが魚をひょいひょい釣っている中、俺の釣果はゼロ。ゼロだよ、ゼロ。何の数字をかけてもゼロだ。

ゴビーの釣った数は、すでに十を超えている。クエストクリアだ。

しかし、釣りをやめることはできない。

男の子には意地ってもんがあるんだよぉ！　と、何かの台詞を思い浮かべながら釣りを続けた。


来る、きっと来る。釣りは忍耐だ。

俺とゴビーの何が違う？　リアルラック？　やかましい！

ゴビーが十五匹釣っていようが関係ない。

クエスト達成に必要な魚以外を焼いて、美味そうな匂いが漂ってきているが、それも無関係。

これは俺のプライドに関わる問題だ。

「ゴ、ゴブ」

「待て、今度こそ俺が釣る。余った魚を焼いてるんだから、そっちの番をしていろ」

ゴビーが声をかけてきたが、助けは無用。

「ゴ、ゴブゴブ」

「魚を焦がさないようにな」

ひたすら肩を突かれているが無視し、浮きをじっと見続ける。

釣れる、きっと釣れる。駄目かもしれない。でも釣りたい。

浮きが——動いた。

「つしゃおらあああああああ！」

思い切り釣り竿を引き上げる。

……急いては事を仕損じる、という諺を知っているだろうか？　つまり、俺は魚を釣ることに失敗した。

「くそっ！　逃げられたか！」

「ゴブ！　ゴブゴブゴブゴブッ！」

「わかった、わかったよ。俺に釣りの才能はなかった……。諦めて焼いた魚、で、も？」

振り向いた瞬間、俺は動きを止めた。

そこにいたのは、大きな白い狼。ゴビーが焦っていたのは、こいつがいたからだったのだ。

周囲を見る。他のプレイヤーはいない。

距離を確認する。とても逃げられそうにない。

二度目の相対だからか、俺は冷静だった。……だからこそ、笑った。

「よし、大丈夫だ。お前が俺たちをガブガブしたいのはわかっている。だが！　せめて魚を食ってからにしてくれ！　な!?」

そう言葉をかけると、白い狼が唸り声を上げる。

しかし、襲ってはこない。案外、話がわかる奴のようだ。

俺は近くの木から適当に葉っぱを取り、水で洗った後、焼いた魚を載せる。そして、狼の前に置いてやった。

「まぁお前も食え。俺たちよりうまいぞ。いや、まだ食われたわけじゃないけど」

「ゴブッゴブッ！」

「落ち着けゴビー。俺たちに助かる道はない。せめて魚を食ってから死に戻るぞ」

「ゴ、ゴブー」

ゴビーも納得してくれたのだろう。焼けた魚を頬張り始める。

俺も火傷しないように気をつけつつ……そもそもゲーム内で火傷するのだろうか？　ただ、デバフで火傷状態とかありそうだ。そう一人納得し、注意しながら魚を食べだした。

白い狼は警戒するように匂いを嗅いでいたが、確認を終えると魚を食べ始める。うんうん、よきかなよきかな。

「ガウッ」

「ゴブッ」

「え、なんでお前らお代わりよこせ！　みたいな顔してんの？　しょうがないなぁ……余ってるのは二匹だけだからな？」

納品しなくていい分を焚き火にかける。ゴビーと狼は涎を垂らしながら魚を待っていた。

俺は、というとだ。狼の毛並みをじっと見ていた。

こいつ、モフモフしてるな。ちょっと触っても怒らないかな？　どうせ殺されるわけだし、その前に少しくらい触ってもいいよね？

勝手に判断し、恐る恐る手を伸ばす。

「グルルルルッ」

「ちょっと！　ちょっと触るだけだから！　駄目？　駄目なのね？　わかった、なら尻尾だけ！」

少し唸り声が小さくなったので、許可をもらえたとみなし、白い狼の尾に触れる。

ふ、ふわあああああああ！　なんだこりゃ！　柔らかいと思ったのに、結構固い！　獣臭い！

……これは駄目だ。

俺は立ち上がり、白い狼に指を突きつけた。

「お前、もうちょっと水浴びとかしろよ！　期待していたのにガッカリだ！」

「……」

「よし、水の中に入れ！　俺が洗ってやる！　ほら、早くしろ！」

明らかに嫌がっている白い狼の体を押し、川の中へ移動させる。そして布を出して水をかけ、洗い始めた。

石鹸でも買ってくればよかったなぁ。売ってるかどうか知らんけど。

体が大きいせいか、適当な布で洗っているせいか。すごく疲れるし、なかなか終わらない。

結局、一時間ほど洗い続けたところでギブアップした。

「もういいや。ほれ、上がって乾かせ。俺も服を乾かす」

「ゴップゴップ！」

「ゴビーもお疲れ。上の方を洗ってくれて助かった」

服を脱いでからやればよかった、と今さらながらに思いつつ、パンイチになる。

木の枝で作った即席の物干し竿に服を掛けて火の近くに立て、俺も焚き火に当たった。

はぁー、早く服乾かないかなぁ。

白い狼が体を震わせ、水が飛ぶ。少し乾き始めた体が、またビショビショになった。

「せめて離れてやれよ！」

白い狼は鼻を鳴らした。知ったことか、って感じだ。まさに王者の風格……王者の風格？　いや、ただ子供じみているだけだ。

焚き火に当たりつつ白い狼に文句を言っていると、ポーンと音が鳴った。

『ヴンダーさん、聞こえますか？　今、どこにいます？』

アリスさんだ。

「はいはい、どうしました？　今は川で釣りをしていますよ」

『東の森近辺で、大きな狼の目撃情報があったらしいです。例のクエストのモンスターじゃないかと話しているんですが、見かけましたか？』

見かけた、というか隣にいるし、本人は欠伸をしている。

アリスさんに教えることは簡単だ。このままほんの少し足止めをしていれば、プレイヤーたちが大挙し、白い狼を討伐するだろう。

だが、そんなことできるか？

よくよく考えれば、さっきは俺とゴビーが先に攻撃を仕掛けたから、こいつが反撃してきた。

しかし今は一緒に魚を食って、水浴びをして、焚き火に当たっている。害なんて一切ない。

「ゴブー！」

とても楽しそうに、ゴビーは白い狼の上で飛び跳ねている。自分が騎士にでもなったかのごとく、石斧を掲げていた。

その姿を見て、心が固まる。俺は立ち上がり、白い狼の体を軽く叩いた。

「もうじき、お前を狙っているプレイヤーたちが来る。ほら、逃げろ。うまく誤魔化しておく」

「グルル……」

「いいから行けって。できることなら、もうプレイヤーを襲うなよ？」

「……」

白い狼は理解してくれたのだろう。ゆっくりと、立ち去ろうとしている。

だが一度だけこちらを振り向き、唸り声を上げた。もしかしたら礼のつもりなのかもしれない。

狼の姿が見えなくなるまで俺は見送り、ゴビーはずっと手を振っていた。

「ヴンダーくん！　無事かい？」

「ヴン……どうしてまたパンイチなんですか!?」

「あ、どうも。ちょっと水浴びなんぞをしておりましたもので……」

「いいから服を着てください！」

連絡が途絶えたことで、カイルさんとアリスさんは心配になって、仲間とともに俺を探しに来たらしい。ギリギリのタイミングで狼を逃がすことができたようだ。

まぁパンイチなことを怒られたんだけどね。今回は、俺は悪くないと思う……。

顔を赤らめているアリスさんに背を向け、俺は服を着こんだ。

落ち着いたので少しだけカイルさんたちと話をし、大きな狼は見かけていないと嘘をつく。

その後、東のモニュメントへ戻ると言ってカイルさんたちとは別れた。

ゴビーはその間、珍しいことに全く口を開かず、白い狼が姿を消した方向をずっと見ていた。

とても不思議で、とても面白い時間。俺とゴビーだけが共有した、秘密の時間だった。

ついでに魚を納品したらレベルが上がった。なんだかんだでレベル6。案外いい調子だな。

……しかし、俺はその日の夜、母親にゲームをしていたことがバレてこっぴどく怒られ、翌朝から数日かけて宿題を半分終わらせた。

六話　モニュメントを巡ろう

宿題も半分片付き、俺はようやく母親から解放された。ミーミルも返してもらったし、やっと自由の身だ。

まだ八月に入って少し。残りの宿題は毎日少しずつ進めれば終わる。

ということで、俺は早速ログインした。

入ると、すぐ隣にはゴビー。フレンドを確認したらアリスさんもログインしていたので連絡して合流し、今日は何をするかを話し合うことにした。

「せっかくなので、他のモニュメントも見に行きたくないですか？」

「お、それはいいね」

ずっと東のモニュメントの付近でばかり動いていたから、違う場所にも行ってみたい。

「打ってつけのクエストがあるんです！　各地方に荷物を運ぶクエストでして、これなら全部見て回れますよ！」

「おお、さすが準備がいい」

「任せてください！」

テンションの高さから考えるに、きっと俺たちと一緒に行くために町で情報収集をして、待っていてくれたに違いない。他にもやりたいことはあっただろうに、俺たちと楽しい思い出を一緒に残すため。

なんか、感動しちゃう……！

「それと私、レベル10になりました！」

……どうやらそれは俺の勘違いで、彼女なりに充実したレベル上げライフを送っていたらしい。

俺の感動を返してくれ。

まぁ楽しくプレイしていたならいいか、と思い直し、三人で運搬クエストを受ける。

荷物は四箱。持つには大きいサイズだが、ゲームで定番のアイテムストレージ、魔法の鞄に入れれば問題ない。

「じゃあ、まずはどこから行きますか？」

「東かなー、慣れているし」

「荷物を受け取るNPCは各モニュメントにいるらしいので、ついでに東以外のワープポイントの登録もしちゃいましょう。私はすでにしてありますけど」

「う、うん」

「ゴブー」

なんか、出遅れている感じがした。

とりあえず行き慣れている東のモニュメントへ向かうと、一人の天使が立っていた。

どうやらこの人のようだ。フィールド内を探し歩くとかじゃないところが、とても楽でいい。

「お荷物をお届けに参りましたー！」

「ゴブー！」

「あぁ、待っていたよ。ありがとう」

荷物を受け取った天使は、モニュメントに触れて姿を消した。

……考えてみれば、これ、町の中で待っていてくれてもよかったんじゃない？　いや、イベントだからしょうがないのかもしれないけれど……。

若干釈然としない気持ちを覚えつつ、次の運搬先を選ぶ。まぁ南でいいか。

いったん町へ戻り、南門を目指す。

辿り着いて驚いたのだが、門の先に広がる風景が東とはまるで違った。

熱帯雨林にありそうな植物、といえばいいだろうか。それと、南国をイメージする植物が立ち並んでいた。

周囲を興味深く観察し、トーテムポールへ触れる。やっぱり南門のポイントもトーテムポールなんだ……。

そして、定番の徒歩タイムだ。恐らく、モニュメントまでは一時間。南の地形を理解し、楽しんでもらうためにわざわざプレイヤーを歩かせるのかもしれない。

嫌がる人も多そうだけれど、俺は結構好きだ。知らない景色を眺めながら、散歩気分で歩く。海外に行ったら、こんな風に感じるのかなぁ。

それにしても、南・北・西を回ると移動だけで最低三時間？　このクエスト、わりと時間がかかるなぁ。

今日はこれしかできないことに気づいたが、まぁいいだろう。

俺たちは楽しく話しながら、南のモニュメントに向かって歩いた。


一時間後。無事に辿り着き、モニュメントへ触れる。忘れたらまた一時間歩かないといけないからな。

そして近くにいる天使に荷物を渡すと、さっきと同じように、天使はモニュメントへ触れて帰っていく。

なんか、こう……もやっとする！　そういうクエストだってわかっているけどさ！

「南門にいてくれてもいいですよね……」

「あ、やっぱりそう思った？　俺も同じことを思ってたよ」

アリスさんも俺と同感だったらしく、少し安心した。

「ゴブゴブッ！」

「はいはい、見知らぬ花を見つけたからって道草しない。ほれ、次は西のモニュメントだ。行くぞー」

「ゴブー……」

いいか、ゴビー。お前は楽しそうに見ていたが、あれはたぶんお前を食うやつだ。その証拠に、花に口がついているだろ？　まったく、もう少し警戒心を持ってほしい。

俺は相棒の頭を撫でつつ……いない。手に触れるものがない。

「ゴブウウウウウウウ!?」

すぐに悲鳴が聞こえた方に目を向けると、でかい花にゴビーが食われそうになって泣いていた。

いやいや、だから明らかに怪しかっただろ!?

「お前、頼むからもうちょっと警戒心を持てよ！　言っただろ！　いや、言ってなかった！　警戒心を持て！」

「お、お説教は後にしてください！」

「確かに！　今、助けるぞ！」

アリスさんと一緒に急いで駆け寄ったのだが、花は巧みに蔓を操って、行く手を阻んでいるため近づけない。

そうしているうちにも、ゴビーがドンドン呑み込まれていく。

このままじゃ食われて消化される。何か、何かいい手はないのか!?

「どうしましょう！　どうしましょう！」

アリスさんは慌てて周囲をキョロキョロ見回している。

「こういうときは落ち着こう」

「は、はい。お茶を出しますね！」

「お願いだから落ち着いて!?」

「ゴブゥッ！　ゴブゥッ！　ゴブゴブウウウ！」

カオスな状況、とはこのことだろうか。アリスさんは慌てながらお茶を飲んでいる。明らかに冷静じゃない。

ゴビーは泣きながら悲鳴を上げており、もう頭は半分しか見えないし、手も片方しか外に出ていなかった。

……これはもう駄目だ。仕方ない、仕方ないんだ。

俺はゆっくりと、杖をゴビーに向けた。

「すまん、ゴビー。フレイム！」

「ゴブッ!?」

「もういっちょフレイム！　さらにフレイム！　まだまだフレイム！　MP尽きるまでフレイムフレイム！」

全弾ぶち込むと、花は悶えた後に炎に包まれて崩れ落ちた。炎が弱点だったのだろう。結構、いいダメージが入っていた。

近づくと、焦げているゴビーの姿。どうやら間に合わなかったらしい。

すまない、俺の決断がもっと早ければ……！

「ヒール！」

「ゴブアアアアアアアア！」

「ぶげぼぁっ！」

アリスさんのヒールで息を吹き返したゴビーにぶん殴られた。

違う、違うぞ！　助けようとしたんだ！　待って！　落ち着いて！

何を言っても聞いてもらえず、俺はアリスさんのヒールを受けながらゴビーに殴られ続ける。ひどすぎないか!?

「だからお前を助けたんだって！」

「ゴブッ！」

「な、仲直りしましょう？」

アリスさんにそう言われたが、頑（かたく）なに話を聞かないゴビーにだんだん苛立（いらだ）ってきた。

「もういい！　こいつが悪い！」

「ゴブゴーブッ！」

「あ、あのぉ……」

俺たちは喧嘩をしたまま再び町に戻って、西のモニュメントを目指して歩き始めた。

ちなみに西は砂漠地帯らしく、ひたすら暑くて周りには砂しかない。たまに木や草があるけれど、まぁ基本的に砂ばっかりだ。

あまりの暑さに、俺たちは汗をだらだら流しながら歩いた。ＶＲでも、暑さや汗は再現してるんだな。

それにしても……ケッ、助けてやったのに、なんなんだこいつは。

腹を立てながら歩いていると、何かにつまずいて転んだ。

起き上がって顔を上げると、今までで一番ゴブリンらしい顔で笑っているゴビーの姿があった。

ほう、そういうつもりか。なるほど、なるほどなぁ……。

ニッコリと笑いかける。想像と違ったのか、ゴビーが驚いた表情を見せた。

俺はそのまま近づき……帽子を取り上げる。そして高く掲げ、ピョンピョン飛び跳ねて帽子を取り返そうとしているゴビーに足払いをして、転ばせた。

「ゴブッ!?　ゴ、ゴブー……」

「ざっまぁ！　ほらとってこい！」

帽子を思い切り投げる。しかし、思いのほか飛ばなかった。

ゴビーは泣きながら帽子を拾い、汚れを叩いて頭へ載せる。さっきまでの元気はなく、グスグスと泣いていた。

……なんか、罪悪感がやばい。やり返しただけのつもりだったのに、度が過ぎたんじゃないかって気持ちになっている。

仲直りするか。素直にそう思い、俺はゴビーに近づいた。

「その、ゴビー。ちょっとやり過ぎた。ごめ……あぁ!?」

「ゴブウウウウウウッ！」

泣いていたはずのゴビーが俺の杖を取り上げ、思い切りぶん投げた。

こいつ、泣いたフリしてやがったのか！　道理でチラチラこっちを見てたわけだ！　最悪だな！

さすがにもう許す気はなくなり、俺はゴビーを睨みつける。ゴビーも同じらしく、俺に鋭い視線を向けていた。

「謝るなら今のうちだぞ」

「ゴブ、ゴブゴブゴーブッ！」

「上等だ！」

「ゴブッ！」

「やめてください」

「アリスさんは黙ってて！」

「ゴーブゴブゴブッ！」

「……やめてください、って言いましたよね？」

あれ？　なんか、こう、寒い。

なぜかわからないけれど背中が冷たく、指先からも凍りついていく感じがする。まるで風邪を引いたみたいだ。

唾を呑み込み、ゴビーをちらりと見る。それは怯えた表情で、恐らく俺も同じ顔をしているのだろう。

恐る恐る、二人でアリスさんを振り返ると、彼女は微笑んでいた。

間違いなく、微笑んでいる。ただし、背中からは得も言われぬオーラが放たれており、目を合わせることができなかった。

震える体を無理やり動かし、両膝を地面へつく。ゴビーも俺に倣い、同じように膝を折った。

そして俺たちは両手も砂につけて、深々と頭を下げる。土下座だ。

「すいませんっしたー！」

「ゴブゴブッゴブー！」

恐怖のあまり顔を上げられずにいると、肩へ手が置かれる。ビクッと、俺とゴビーの体が跳ねた。

「喧嘩はよくないですよね？　お互いやり過ぎていましたし、これからは仲良くしましょう」

「はい！　ゴビーごめんな！」

「ゴブッ！　ゴブゴーブッ！」

俺とゴビーは固く手を握り、肩を組む。

そんな俺たちの姿を見て、アリスさんの表情が和らいだ。

怒りが静まったことがわかり、俺はゴビーに耳打ちする。

「なぁゴビー。これからは気をつけような。俺も注意するから」

「ゴブゴブゴブ」

「どうしたんですか？　早く行きましょう？」

「はいっ！」

「ゴブッ！」

とてもいい返事をし、俺たちは先を進むアリスさんを追いかけた。

無事に西での配達も終え、モニュメントを経由して戻る。後は北に行くだけかぁ。

腕を伸ばし、体をゴキゴキと鳴らす……つもりだったが、ＶＲの肉体は凝っていないらしい。音一つ鳴らなかった。

これが、健康な体……！　いくら歩いても疲れないし、人類はもうＶＲ空間で生きたほうがいいんじゃないか？

そんなとても不健全なことを考えていると、すぐに北門が見えてきた。

「今度はどんなところでしょうね」

「北だからね。たぶん雪山だよ！」

「ゴブー」

ゴビーはわかっていないらしく、適当な相槌（あいづち）を打っていた。

「あぁ、お前は雪って見たことないよな。楽しみにしてろよ？」

「そんなこと言って、違ったらどうするんですか？」

あれこれ楽しく話しながら、北門を出て歩きだす。

……しかし、すぐに後悔する。

俺は、俺たちは甘かった。砂漠が暑くてあれほど汗をだらだらと流していたのに、なぜこうなることを想像できなかったのか。甘いにもほどがある。

「さぶい……」

「ゴ、ゴビュ……」

「さみゅいでしゅ……」

一面の雪、強い風。北は地獄だった。

だが、一時間だけ我慢すればいい。そう思って歩き続けたのだが、十分ほどで俺たちは足を止めていた。

これは、あれだ。無理だ。耐えられるレベルじゃない。

というか、寒さを感じるリアルさとかどうなの!?　大事だと思うけど！

「防寒着が必要でちゅ……」

「いいいい一度もももどりょうかかかか」

「ゴゴゴゴブブブブブブ」

「ささ賛成でにゅぅ」

舌足らずの子供のように情けない口調で相談し、俺たちは寒さに敗れて撤退を余儀なくされた。

こんなに凶悪な敵がいたなんて……！

町に戻り、なけなしの金で防寒着を整える。ゴビーには子供サイズのがピッタリで、いい感じに装備が整った。

で、また北のモニュメントを目指して歩いているのだが。

「寒いものは寒い」

「でもさっきと違って、我慢できる範囲です」

「ゴーブゴーブ」

「ちゃんとついてこいよー」

楽しそうなゴビーに声をかける。足がとられて歩きにくいし冷たい。北で狩りをする人はドMだな。

さっさと北のモニュメントへ辿(たど)り着き、荷物を渡して帰ろう。

「そろそろ半分くらいですかね」

「もう少し進んでる気がするけれど、わからないね。ゴビーはどう思う?」

なぜか返事がない。不思議に思い、アリスさんを見る。

彼女も同じように思っていたようで、こちらを見ていた。

背後からは妙な音も聞こえてきて、嫌な予感を覚えつつ、二人一緒に振り返る。

そこにはなんと! 大きな雪玉!

「は、走れえええええええええ!」

「キャアアアアアアアアア!」

横へ跳べばよかったのかもしれないが、頭が回っていなかった。だから前に走る。

雪玉との距離はドンドン縮まり、圧し潰されるのも時間の問題だ。

俺は働いていない頭で咄嗟にアリスさんを横へ突き飛ばす。「ふぎゅっ」とか可愛い声を上げながら、顔から雪に突っ込んでいたが許してもらおう。

間近に迫っている大玉へ振り向き、呪文を唱えた。

「フレイム！」

焼け石に水である。あまり効果はなく、俺はそのまま雪玉に潰された。

確か、口元に手でポケットを作るんだっけ？　それは雪崩のときか。

というか、そもそも腕が動かない。

辛うじて指先だけ動くので、どうにか抜け出そうともがいていると、体の上で何かが動いているのを感じた。

もしかして、アリスさんが助けようとしてくれているのか？

そう思ったのだが、何かが違う。背中で子供が動いているみたいな感じだ。

子供？　子供サイズ？　なんとなーく予想がつき、手元で魔法を放った。

「フレイム！」

手の辺りにあった雪が溶け、少し自由になる。

自分に当たってダメージを食らいつつも何度か繰り返すと、体を動かせるようになって、ようやく立ち上がることができた。

「ぶはっ」

「ゴブッ」

「二人とも無事でしたか⁉　ヴンダーさん、どうして上半身裸なんですか⁉」

「……寒い」

フレイムで脱出には成功したが、服が焼け落ちたらしい。そして俺の背中で蠢いていたのは、やはりゴビーだった。

こいつがなぜここにいたのか？　考える必要すらなく、歯をガチガチと鳴らしながら問いかけた。

「お、お前、雪玉作ったろ」

「ゴブゴブ」

「首を横に振っているが、本当は作ったんだろ？　すごい大きさだったな！　大したもんだ！」

「ゴブー」

「あ、照れたな！　やっぱりお前か！」

「ゴブッ⁉」

本当なら叱り倒してやりたいところだが、寒くてそれどころではない。

町へ戻るのが近いか、モニュメントに行ったほうが早いか。

とても悩んだのだが、モニュメントのほうが近いと判断し、俺たちは歩を進めることにした。

「さむいさむいさむいさむいしぬしぬしぬしぬしぬしぬ」

「ゴブゴブゴブゴブゴブゴブゴブ」

「だ、大丈夫……じゃないですよね。きっともう少しです！　頑張りましょう！」

ゴリゴリＨＰが減っていく中、ヒールをかけてもらいながら進む。

もう駄目だ、死ぬ。そんなことを何度も考えながら、やっと北のモニュメントに辿り着いた。

とても暖かそうな格好をしている天使。彼はこっちを見て、ギョッと目を見開いた。

だが、俺は一刻も早く荷物を渡して帰りたい。

「にににににににもつををををを」

「いや、どうしてそんな格好で……」

「ににに荷物をおおおおお！」

「す、すまないが荷物は受け取れない。私が頼んだわけじゃないんだ」

「どどどどどど」

「どういうことか、と聞いているんだね。説明しよう」

正直、説明を受けるどころではないのだが、仕方がないので震えながら聞く。泣きそうになりながら、ゴビーと身を寄せてお互いを温め合った。

意識が朦朧としていたので記憶に曖昧なところはあるが、簡単に言うと本来の受取人が近隣の洞窟へ向かい、帰ってこないらしい。他のプレイヤーに救助を依頼したが、どうなったかはまだわかっていないとのこと。

俺が引きつった笑みを向けると、天使も笑う。

俺たちは迷わずモニュメントに触れ、帰還した。

七話　白いゴリラとの戦い

町へ戻って天使茶（エンジェルティー）を飲み、体を温める。

少し時間が経つと、気持ちも体も落ち着いてきた。丈夫な体でなによりだ。

俺たちが温まっている間に、アリスさんは防寒着を買い直してきてくれた。これでもう一度行くことができる。

ゴビーは今までに見たことがないくらい行きたがらなかったが、クエストが途中なこともあり、無理やり引っ張っていった。

北のモニュメントへとワープし、地図で赤丸がついている場所を目指して進む。

先ほど異常に寒い経験をしたせいか、寒さに慣れたせいか。さっきとは違い、全く問題なく進むことができた。

「ここに洞窟がある、という話でしたよね。荷物を受け取る方に何があったのでしょうか？」

「たぶん岩にでも挟まって動けなくなってるんだよ」

「ゴブゴブ」

「マヌケな奴だなって顔してるが、お前は雪玉に嵌（は）まって動けなくなっていたんだからな？」

ゴビーは目を逸（そ）らし、口笛を吹いていた。口笛なんていつできるようになったんだ、成長しやがって。

まぁこうやって成長するのはいいことだ。最近、ゴビーに対して口うるさくなっていた気がするが、それだってこいつが知恵をつけて、少しずつ大人になっているって証拠だろう。

あ、なんか妙に気になってきた。だが、「成長したな」とか、「うるさく言って悪かったな」なんて口にするのは恥ずかしい。

……だから、行動で示すことにした。

ひょいっと持ち上げ、肩車をする。

「よし、行くかゴビー！」

「ゴブゴブー！」

「行きましょー！」

ほんの少しだけ自分も成長した気がし、嬉しくな……ったと思ったら、ベシャリと顔に冷たいものが当たった。雪だ。そして、ゴビーの右手は濡れている。

すぐにゴビーを下ろし、背中に雪を突っ込んでやった。

まだまだ大人になるのは難しそうだ。

しばらく歩くと洞窟が見つかった。これほどまでに雪が降っているのに、洞窟の周囲は雪が浅い。ゲーム特有のご都合主義だとは思ったが、非常に助かる処置でもあった。

「じゃあ、中に入ってみようか」

「あ、これを使ってください」

アリスさんが出した物は松明だった。なるほど、明かりにしようということか。

フレイムを唱えて火を点けると、想像していた以上に眩しくて、思わず目を瞑った。

ゆっくりと、目を開く。うん、轟轟と激しく燃えているわけでもないのに、周囲がしっかりと見える。

洞窟で松明――まさに冒険といった感じがして、心が躍った。

しかし、そんなことを考えていられたのも最初のうちだけだ。

白い体毛の猿、イエティが現れ、俺たちに襲い掛かってきた。

「フレイム！」

「ヒール！」

「ゴブゴブー！」

だが、こちらもそこそこの経験を積んできている。相手もそれほど強いわけではないらしく、一体や二体なら問題なく倒せた。……一体や二体なら、だ。

背後から物音がして、振り返る。ほーらね、嫌な予感が的中した。

通路を埋め尽くすほどのイエティ。普通に考えれば洞窟の入口からやってきたと予想するところだが、実は脇道や隠し通路があり、俺たちが見落としていたという可能性もある。というか、ゲームだからいきなり湧いたのかもしれない。

走りながら、アリスさんが声をかける。

「どうしますか！」

「逃げます！」

「ですよねー！」

「ゴブー！」

勝ち目がないことはわかりきっているので、イエティがいるのとは逆方向——洞窟の奥へと逃げるしかない。

必死に逃げ続けていたのだが、急にイエティたちが足を止める。もしかしたらテリトリーが決まっており、これ以上奥には来られないのかもしれない。

これ幸いと俺たちはイエティを引き離し、広い部屋へと出る。

中へ入った瞬間、青い光が目に飛び込んできた。

奥に見えるのは大きな青い宝石。部屋全体に青い光が満ちていて、幻想的な空間だ。

「ギャオオオオオオオオ！」

まるで海の中にいるようでもあり、心が癒される。

もしかしたらここは神聖な場所で、汚したくないからイエティたちは足を止めたのかもしれない。

「ギャオアアアアアアア！」

「……後は帰って来なかった天使を探すだけだ」

「ヴンダーさん！　現実から目を逸らさないでください！」

アリスさんに肩を揺すられ、虚ろな瞳で現状を見つめ直す。

「受け止める！　援護を！」

目の前には天使を守りながら戦っている守護者（ガーディアン）たち。数は十人。その中にはカイルさんもいた。

敵はイエティをそのまま大きくした感じの、白い体毛のゴリラ。ネームは【ビッグフット】。叫び声を上げ、巨大な足で地面を踏むたびに、洞窟が揺れていた。

「ゴブ……？」

「どうします……？」

ゴビーとアリスさんが困った顔で俺を見る。しかし、俺はもっと困っていた。

ビッグフットと戦って勝てるか？　むしろ、他のプレイヤーの邪魔になる可能性すらある。

では、来た道を戻る？　いや、残念ながら、イエティが待ち受けている。

つまり、俺たちは追い込まれたのだ。この洞窟の主（ボス）が待つ部屋に。どうしたものかと、考えれば考えるほど困った状況だった。

「戦いましょう！」

そう言ったのは、意外にもアリスさんだった。いや、ゴビーは言葉を話せないから当たり前か。

彼女はカイルさんたちを見捨てられない、後戻りできないなら戦おうと言う。

確かにその通りだ。どうせやられるにしても、戦ってやられよう。

覚悟が決まれば行動に移すのみ。俺は、戦いに集中しているカイルさんに声をかけた。

「カイルさん！　援護します！」

「ヴンダーくんたちか！　助かる！　攻撃力が高いから近づかないように！」

「はい！」

ゴビーにもしっかりと言い含め、俺はフレイム、アリスさんがヒールを飛ばす。ゴビーは雪玉を投げていた。

しかしアリスさんはともかく、俺とゴビーは戦力外らしい。ほとんどダメージを与えられていない。

なら、頭を使おう。ダメージを与えられなくてもできることはある。

ＭＰ回復のため体育座りしながら、敵の動きを観察した。

そして一つの動きに気づく。ビッグフットは大きく振りかぶった後、強い攻撃を放つ。その後に数秒間動きが止まり、隙だらけになるようだ。

普段は動きが速く、俺なんてまるでついていけない。しかし、この瞬間なら……？

「ゴビー、こっちに来るんだ」

「ゴブッ！　ゴブッ！」

「雪玉はストップ。てか、どこから雪を持ってきた？　あぁ、天井に少し穴が空いているのか」

しかし、まぁ壊して脱出するのは無理だろう。それに、天井が崩れ落ちて潰（つぶ）されても困る。

とりあえずゴビーを近くに呼んで、考えた作戦を伝えた。

準備が整えば、その時を待つだけ。そして思ったよりも早く機会は訪れた。

ビッグフットが腕を大きく振りかぶり、守護者（ガーディアン）目掛けて真っ直（ます）ぐに打ち込もうとする。しかし躱（かわ）されたビッグフットの拳は地面に突き刺さり、体勢を崩して数秒よろけていた。

「今だ！　フレイム！」

「ゴブー！」

別に隙ができたからといって、ダメージを与えられるわけではない。――しかし、邪魔ならできる。

俺たち二人が狙ったのはビッグフットの目。威力はなくても、視界を塞ぐことくらいはできるはずだ。

俺の放ったフレイムで雪玉が奴に当たる前に溶けたりしていたので、ゴビーは両手をぐるぐる回して雪玉を連続でいくつも投げる。

「いいぞ！　助かる！」

「やるじゃねぇか！」

「カウンターを食らう心配が減った！」

俺たちより遥かにレベルの高いプレイヤーたちが、賛辞の言葉を投げかける。

それに浮かれていたから……浮かれてしまったから、油断が生まれたのだ。

俺たちの攻撃がすごくうざかったのか。もしくは、自身のＨＰが半分を切ったからか。

ビッグフットは落ちていた岩を拾い上げ、俺たちへ思い切り投げつけた。

「終わった」

「ゴブー」

逃げられないと判断し、俺とゴビーは両手を上げる。そして岩がヒットし、ＨＰが０になった。

チャンチャン。

　じゃあ後はカイルさんたちに任せて……と、思えるほどに冷めてはいない。悔しくて悔しくて、まだ間に合うかもしれないと思い、町の商店に駆け込んだ。

「はい、いらっしゃ――」

「油を買えるだけ！　油は瓶に入れてくれ！」

「ゴーブゴブゴブゴブッ！」

「まいど！」

　八百屋みたいな受け答えをする天使から、有り金全部をはたいて油の入った瓶を二十一個買い、アイテムストレージに入れて走る。

　トーテムポールに触れ、北のモニュメントへ。そしてまた走った。

　向かった先は洞窟……ではない。洞窟の上部、あの穴があった場所だ。

　洞窟の周辺を探し回っていると、人が登れるような道が見つかった。恐らく、この道から洞窟の上部に行けるのだろう。

　道を進んでいくと、穴はすぐに見つかった。もしかしたら、この道はボスへのショートカットだったのかもしれない。

　二人で穴を覗き込むと、まだ戦闘中。どうやら間に合ったようだ。

　角度的にも狙えると判断し、アリスさんに連絡した。

「アリスさん、聞こえる？」

『まだ戦闘中ですううう』

「相手が大振りした後に隙ができるよね？　そのとき、皆に近づかないように伝えてくれるかな？」

『え？　チャンスなのにですか？』

「ゴブゴブーッ！」

「ちょっと試したいことがあるんだ！」

『わからないですけど、わかりました！』

何をするつもりかは伝えなかったものの、ひとまず納得してもらえたようなので、俺たちは機会を窺う。

ビッグフットが岩を掴んで、大きく腕を振り上げる。岩を持っている分、さっきよりも破壊力が増していそうだ。

そして、上にいるこちらにまで振動が伝わる強さで、叩きつけた。

――今だ。

「ゴビー！」

「ゴブッ！」

先に出しておいた油瓶を、これでもかとビッグフットへ投げつける。体が大きいから簡単に当たるぜ！

計二十個ほどの油瓶をぶん投げると、カイルさんたちが臭いに耐えかねて鼻に手を当てる。ビッグフットも変な臭いがすると、自分の体を嗅いでいた。

残念、これでお別れだ。観客はゴビーしかいないが、俺は格好つけながらビッグフットに杖を向けた。

「フレイム」

まだまだレベルが低く、細く弱い炎が真っ直ぐにビッグフットへ向かう。

だが着弾した瞬間、ビッグフットの体が大きく燃え盛った。

「ギャオオオオオオオオオオオオ！」

「フレイム！　フレイム！　ひゃっはー！　燃えろー！」

「ゴッブ！　ゴッブ！　ゴブゴブーゴブゴブー！」

テンションを上げながら、安全地帯からフレイムを飛ばす。

完全に勝利したつもりでいたのだが、それは甘かったらしい。

「ギャオ、ギャオ、ギャオ、ギャオ……」

ビッグフットに鋭く睨まれる。どうやら居場所がバレたようだ。

が、どうせ奴の攻撃は届かない。二人であっかんべーしてやると、岩を思い切り投げつけてきた。

穴の大きさからして岩が通り抜けられるはずがないと思って見ていたら、案の定、ビッグフットが投げた岩は俺たちに届くことなく天井に当たった。

「お、おぉ？　おぉぉぉぉ？」

「ゴブウウウウウウウ!?」

足元が揺れ、バランスを崩して穴へ落ちる。あれ？　この高さ、やばくないか？

……いや、そもそも落ちることすら許されないらしい。ビッグフットがこちらへ向け、拳を振るった。

まぁしょうがない。しょうがないが、一矢報いる。

世界が反転し落下している中、杖を向け、最後の一撃を放った。

「フレイム!」

「ゴブー!」

それは偶然だったのか、はたまた学習して理解していたのか。俺のタイミングに合わせたように、ゴビーは隠し持っていた最後の油瓶をビッグフットの顔へ投げつけた。

ビッグフットの顔の前で、油瓶とフレイムが交わる。それはフレイムの威力を増し、瓶の破片とともに大きな炎がビッグフットに襲い掛かった。

「ギャオオオオオオオオ!」

「やったぜ!」

「ゴブッ!」

落下して、死亡。

俺たちはあっけなく死んでしまったが、ビッグフットも限界だったらしい。それからすぐに、カイルさんのパーティーにボコられて消滅した。

みんなが喜んでいる姿を見ているうちに、死亡ウインドウのカウントは0になり、俺とゴビーは北のモニュメントへと送還された。

アリスさんから連絡が来たので、そのままモニュメントで待つ。

しばらくして、カイルさんたちとともにアリスさんが戻ってきた。

立ち上がって手を振ると、アリスさんが俺に気づいて走ってくる。

彼女はその勢いのまま俺とゴビーの首にラリアットをかまし……いや、抱きついてきたのか。ともあれ、俺たちは雪の中へと倒れ込んだ。

「すごいです！　大活躍でした！」

「一矢報いた！」

「ゴブゴブッ！」

「一矢どころじゃないよ。本当に大活躍だ」

カイルさんだけでなく、他の人たちも大喜び。頭をもみくちゃにされ、解放されるまでには少し時間がかかった。

しかし、ここは寒い。喜ぶのはこの辺にしておこうということになり、助けた老天使を見る。

老天使はあの青い宝石を求め、一人で洞窟に行ったらしい。しかしイエティに帰り道を塞がれて困っていたとのこと。

カイルさんたちも同じクエストを受けていたのだが、俺の背中を押す。どうやらお先にどうぞ、ということらしい。

少し照れくさくなりながら、箱を渡す。続いてカイルさんたちも箱を渡すと、老天使はモニュメントに触れて町へ帰っていった。

「よおおおおおおし！　テンション上がってきたし祝宴だああああああ！」

プレイヤーの一人が大きく声を上げる。俺たちも同じ気分だったので、喜んで町の食事処まで同行した。

それは、とても楽しい宴だった。

店を貸し切り、好き放題に注文する。クエスト報酬も経験値も莫大だったため、レベルも一つ上がり、懐も潤っていた。

楽しくて楽しくて、時間を忘れて過ごした。

皆と別れるときに寂しさすら覚えたが、「また一緒に冒険しようぜ！」と誘ってもらえて、とても嬉しかった。

「じゃ、ゴビーまたな。次の時に油瓶買いに行くのを忘れてたら、教えてくれよ？」

「ゴブゴブッ！」

相棒に別れを告げ、ログアウトする。

あぁ、とてもいい気分だ。最高の一日だった。

気分よく部屋を出て、喉が渇いていることに気づき一階へ。

そこで俺は、ビッグフットよりも遥かに恐ろしい存在、ビッグママに捕まった。

当分は宿題漬けの日々を送ることになりそうだ……。

八話　装備新調、そして新たなスキル

一週間、宿題をやった。

そして泣きついた結果、母親からようやくミーミルを返してもらえたので、久しぶりのログイン。

すぐにアリスさんとも合流できた。

「今日は装備を新調しませんか？　この間のクエストでお金も貯まりましたし！」

「いいね！　そうしよう！」

「ゴブゴブー！」

そういえば、こいつにも専用の装備とかあるんだろうか？　その場合、俺は二人分の装備を揃えるのか？

ちょっと嫌な考えが浮かんでしまったが、振り払って歩きだした。

まずは商店に向かう。とはいえ、恐らくここで買うことはない。装備というのは、個人の露店のほうが安いし、自分に見合ったものを探しやすい。商店では自分よりも少し上のレベル向けの装備が売られており、いい物であっても値段が高くて手が出ない場合が多いからだ。

しかし、どうしても行くべきだとアリスさんに主張され、俺も興味がないわけではなかったので、特に反対せずついていった。

「らっしゃーせー！」

見た目は貴族のような金髪天使の、八百屋みたいな挨拶を何度聞いただろう。俺はすでに辟易としていた。

「この帽子、似合いますか？」

「俺はさっきのやつが好きだったかな」

「なるほど、じゃあ服も合わせるので着替えますね」

値段はさておき、商店にもいいところはある。例えば、試着室があること、種類が豊富なことだ。

結果、今のような状況になっている。女性の買い物は長いと聞いていたが、すでに二時間が経過していた。

「あの、アリスさん」

「うーん、やっぱりこっちのほうが……」

「ちょっと俺、露店を見てきますね？」

「あ、私も行きます。そっちにもいいものがあるかもしれませんからね！」

か、買わないんかーい！　と、心の底から思った。

しかし、口には出さない。それはゴビーも同じらしく、二人で頷き合った。

店を出て、通りを歩く。生産職はやはり人気のようで、通りにはプレイヤーの露店がずらりと並んでいた。

露店の前にはお手製の看板があり、『装備あります！』『最安値！』など様々なことが書かれていた。

一目でわかるというのは、客寄せで大事なことなのだろう。ためになるなー。

「ゴブゴブッ！」

「あ、いらっしゃい！」

ゴビーが足を止めたことにより、客だと判断されたらしい。店主の女性に声をかけられてしまったので、とりあえず俺たちもその露店を覗く。

武器や防具が並んでおり、装備レベルもちょうどいい。まさか、ゴビーは気づいていたのだろうか？

少し驚きつつゴビーを見ると、スライム素材で作られた杖を握って喜んでいた。

あれ？　もしかして、この店は……。

「やっぱりスライムの杖が気になっちゃったのかな？　強さはそこまでじゃないけど、伸びたりして面白いよ。ちょっと貸してね」

前に俺が覗いたのと同じ店だったらしい。見覚えのあるプレイヤーに会釈し、彼女がゴビーから受け取ったスライムの杖を振るう様子を見る。

杖の先についた青い宝石が、ビョーンと伸びて戻る。こういう玩具あった！　面白い！

目をキラキラとさせながらゴビーと見ていると、店主さんも嬉しそうにしていた。

これは——買いだな。

「買います！」

「えぇ!? ヴンダーさん、他の店も見なくていいんですか？」

「俺は直感で決めるタイプだ！　防具もこの店で揃える！」

「まいどありー！」

スライムの杖、ウルフの毛が織り込まれた黒いマントなどを購入。

ついでにゴビーの装備とかもあるかな？　と見ていると、店主さんは召喚獣用の武器と防具について教えてくれた。

「召喚獣はあまり防具がないんだよね。基本的には武器とアクセサリ。アクセサリはたくさんつけることもできるけれど、気をつけないとステータスにデバフがかかるよー」

「ふむふむ。ゴビーはどれがいい？」

「ゴブッ！　ゴブゴブッ！」

ゴビーが手にしたのは白い斧。説明を聞くと、ウルフの牙で作られた斧らしい。ちなみに俺の装備よりも高い。

もう少し安いのを勧めようとしたのだが、ゴビーが斧を嬉しそうに振っているのを見て、俺はそれを買ってやることにした。

俺のお金の半分は、ゴビーが稼いだも同然。一緒に強くなると決めたのだから悪くない。

そう、悪くなかった……武器は。

「それは絶対いらないだろ!?」

「ゴブー！」

気づけばゴビーは売り物の紐(ひも)を掴(つか)んでいて、俺に買えと要求してきた。

「なんだよそれ！　ただのキラキラした紐(ひも)じゃないか！　……ハッ。もしかしてすごい効果があったりします？」

「いや、それは宝石とかを通したりする物で、紐(ひも)も綺麗なほうがいいかなーって思って作ったんだよね。別に何の効果もないよ」

「ほら！　違うのにしろって！」

「ゴーブー！」

だが全く譲らない。意固地になっているようにも見える。

結局のところ、俺はその紐(ひも)を買ってやった。だって、紐(ひも)がゴビーの涙でべちょべちょになっていたし……。

「ははは。じゃあ、その花の指輪に通している紐(ひも)と替えてみる？」

「そうします……」

店主さんに首から下げている花の指輪を渡し、紐(ひも)を取り替えてもらう。

するとなぜかパッと光った。

「ん？」

「え？」

「今、光りましたよね？」

新しい首飾りを下げて喜んでいるゴビーはともかく、俺たちは首を傾げる。

店主のお姉さんが不思議そうに、ゴビーの首の花飾りに触れた。

「おや、組み合わせがよかったのかな？　特殊な効果が発動しているね」

「おぉ、どんな効果ですか？」

「えーっと、そのまま読み上げるよ？　『花を出せる』って書いてあるね。あははっ」

お姉さんは苦笑いを浮かべたが、俺は拳を握った。

「よくやったゴビー！　よくわからなくて面白い！　何も効果がなかったらつまらなかったが、非常に面白い！　百点！」

「ゴブー！」

「それでいいんですか!?」

ゴビーはポンポンとピンクの花を手に出している。お金に困ったらこれを売ることにしよう。花売りのゴブリン。うん、人気でなさそう！

成果に満足し、お姉さんに別れを告げる。

次はアリスさんの装備を見つけ出すため、露店を見て歩くことになった。

百は超えているであろう露店を一軒ずつ、しかも軽くではなくしっかりと見ていく。

俺とゴビーはへとへとなのだが、アリスさんのテンションは上がりっぱなしで、疲れたなどと言うことはできなかった。

最終的に、アリスさんは薄い桃色のシスター服と、新しい鈍器を買った。杖ではない、鈍器だ。

「どうしてそれを選んだの？」

「私たち、攻撃力が低いじゃないですか。だから、こういうトゲトゲしたやつのほうが強いかなーって」

一般的にはモーニングスターと呼ばれるそれを、アリスさんは嬉しそうに振り回している。恐ろしい。そして同情する。あのトゲがついた球体で殴られるモンスターに、だ。


今日は結構な時間を装備の購入に使ってしまった。

しかし、買ったからには早速使ってみたい。

ということで、少しだけ狩りをしてみようと、東のモニュメントを訪れた。

「実は新しいスキルも覚えたから、試したかったんだよね」

「私も覚えました！　味方一人の状態異常を治す、【クリア】です！」

「おぉ、いいねー！」

「ゴブー……」

自分は覚えていない、とゴビーが不満そうな声を出す。

「召喚獣って、スキルを覚えるのかな？」

「ゴビーちゃんはレベル10になったら覚えますよ。どんなスキルかは知りませんが、召喚獣は10ごとに覚えるみたいです」

「ゴッブー！」

アリスさんの説明を聞いたゴビーは、拳を突き上げて喜ぶ。

「果たしてクローズドβ中にレベル10まで達するかどうか……」

「ゴーブー……」

「せっかく喜んでいたのに落とさないでください！」

怒られた。

とまぁ、そんなこんながあったけれど、俺たちは狩りを開始することにした。

標的はウルフ。なーに、今やこいつらには楽勝だ。

「では、俺の新たなスキルからお披露目しよう」

スライムの杖を前に出すと、ポヨンと先の宝石が動いた。

もう一度振る。ポヨンと動く。なにこれ、思っていた以上に楽しい。

ポヨン、ポヨン、ポヨン、ポヨン、ポヨン……。

「ヴンダーさーん、新しいスキルはどうしたんですかー？」

「はっ！　これは失礼をした！　では――【アイス】！」

唱えて現れたのは、先が尖（とが）ってて痛そうな氷の塊。それはウルフの後ろ足の付け根に刺さり、傷口から少しずつ体を凍りつかせていった。

気づいたウルフがこちらに向かって走ってくる。

だが、遅い。どうやらアイスの命中した足をうまく動かせないようだ。

「ゴブッ！」

俺が観察している間に目前まで迫ったウルフの頭を、ゴビーが新しい斧で叩く。

ウルフはそのまま崩れ落ち、ポンッと姿を消した。

「おぉ、レベルが上がったからか装備のお蔭かはわからないけど、楽勝だった」

「二匹リンクしています！　草の中に隠れていたようです！」

「っと、ゴビー一匹頼む！　……ゴビー？」

普段は敵がリンクしたらすぐに動いてくれるのに、ゴビーは斧を見たままうっとりしていた。こいつ、新しい斧に夢中だ。

やれやれ、いきなりこれを試すことになるとは。すかさず瓶を取り出し、ウルフに投げつけた。

「燃やすんですね！」

アリスさんの問いに笑みを返す。しかし、投げた瓶に入っているのは油ではない。

俺はウルフに瓶が命中したことを確認し、魔法を放った。

「アイス！」

氷の柱がウルフに刺さる。そしてウルフは、先ほどよりも遥かに速いスピードで凍り始めた。

よし、効果は上々だ。

だが、もう一匹は真っ直ぐに突っ込んできている。

こちらにはフレイムをぶつけてやろうと杖を向けたのだが、先に横から可愛い声が聞こえてきた。

「ていっ！」

トゲのついた禍々しい球体がウルフを吹き飛ばし、「キャイーン」という痛々しい悲鳴が辺りに響いた。

ウルフのＨＰはまだ少し残っているので、追撃にフレイム。綺麗に一匹を仕留める。

凍りついていた一匹も難なく二人で始末し、俺たちはその場を離れた。

安全なモニュメントまで戻って、先ほどの戦闘を振り返る。

「ヴンダーさんは何を投げつけたんですか？　油じゃなかったんですよね？」

「あれは水だよ」

「……水？　ただの水ですか？」

俺が頷いたことで納得したのだろう、アリスさんは「はーっ」と声を上げた。ゴビーはまだ斧を見てうっとりしている。

「アイスに合う液体にした、ってことですか？」

「うん、まぁそれもあるけど……」

「あるけど？」

「……油は高いから」

「あぁ、はい」

世知辛い答えではあるが、事実なのでしょうがない。

油とフレイムの組み合わせは、使うタイミングを考えないとなぁ。

今日は終わりにするかと、いまだうっとりしているゴビーの頭に手を載せる。

それを眺めていたアリスさんが、急に驚いた顔で声を上げた。

「た、大変です！」

「敵？　まさかアクティブなやつが？」

「わ、私……」

安全な場所なのに慌てているので、非常事態だろうと思い周囲を警戒する。

ゴビーもただごとじゃないと気づいたのか、武器を構えて辺りを見渡した。

しかし、何も起きない。

不思議に思いアリスさんを見たら、口元に当てていた手と一緒に肩を落とした。

「クリア、使っていません」

「……うん、状態異常にかかってないからね」

「……ゴブ」

わりとどうでもいい話だった。

九話　新しい仲間は空気が読めない

ある日、俺たちがダウジングをして遊んでいるときのことだ。

アリスさんが「うーん」と言いながら悩んでいた。

彼女がこういった状態になるのはよくあることだ。考えがまとまったら話してくれるだろうと、俺たちはダウジングを続けた。

「お、なんか変な形の石があったぞ」

「ゴブゴブ？」

「いや、面白い形をしているだけだ。蜂（はち）の巣みたいになってらぁ。水滴か何かで穴が空いたのかもなー」

つまり、ダウジングは外れだ。ゴビーはなぜかそれが気に入ったようなので一応アイテムストレージに入れたが、ただの石。

次はいい物が見つかるかなーと話していたら、アリスさんがポンッと手を叩いた。

「前衛を増やしましょう！」

「ん？」

「ゴブ？」

突然の提案に、二人して振り向く。

彼女は両手を強く握って、真剣な顔をしていた。

前衛を増やす、か。確かにこのゲームではどの敵もリンクするので、ゴビーだけでは手が足りていない感じはある。実際、最近はその問題をひしひしと感じていた。

「ゴビー、前衛増やすか？　どんな人がいい？」

ゴビーは少し悩んだ素振（そぶ）りを見せた後、キリッとした顔で斧を真（ま）っ直（す）ぐに構える。

それだけで誰のことかがわかり、俺とアリスさんは頷（うなず）いた。

「カイルさんか」

「でも、レベルが違いすぎて、声をかけづらいですね……」

「そこだよね……」

つい先日連絡をとったのだが、「レベル30からは上がりづらいね」などと、異次元な話をしていた。

カイルさんには俺たちと組むことのメリットがないし、低いレベルの人と狩りをしても恐らく物足りないだろう。お願いするのは、どうしても尻込みしてしまう。

やっぱり、プラスマイナス3くらいが理想的かな？

そんなことを話しながら、町に戻っていい人がいないか探してみることにした。

とはいえ、ただウロウロしていても見つけられるわけがない。だから、同じくらいのレベルの人が受けるクエストをやる。そうすれば、どこかで出会えるはずだ。

「これなんてどうです？」

「悪くないかな。でもこっちは？　おいゴビー、蝶を追いかけてどこかに行くな」

「ゴブッ!?」

気づかれていないとでも思っていたのだろうか。俺はお前を初日に見失ってから、迷子にだけは気をつけているぞ？

あーでもない、こーでもないと、アリスさんと話を続ける。

「ふっ！　はっ！」

「じゃあ、こっちなら」

「でもこれも面白そうじゃない？」

「てやっ！　たぁっ！」

「ゴブッ！　ゴブッ！」

「『……』」

視界の端で、青いチャイナドレスを着たモンクの女性が体を動かしていることには気づいていたが、ゴビーが隣で真似をし始めてしまったので慌てて連れ戻しに行った。

一緒に拳を突き出したり、蹴りを放ったりしている。ちょっと面白いけれど、止めないとね。

「すみません、うちのゴビーが」

「ハッハッハッ！　あたしは気にしてないよ！　楽しいゴブリンちゃんだね！　あたしの名前はポワン！　よろしく！」

モンクの女性は快活に笑ってそう名乗った。

「自分はヴンダー、彼女はアリス、そして相棒のゴビーです。鍛錬の邪魔をしてしまい、すみませんでした。では、これで」

「すみません、お邪魔しました」

「ゴブー」

「……えっ」

アリスさんやゴビーと一緒に謝罪をし、そそくさと少し離れた場所へ移動する。モンクの女性は、少し驚いたような表情をしていたが。

ちょうどよくベンチがあったので、俺たちは橙の天使水（エンジェルウォーター）という名前の、まぁオレンジジュースを買って座った。

レベルが上がった分、受けられるクエストは増えているが、どれがいいか判断も難しい。けれど、選ぶのは楽しい。

「こっちは？　レッドウルフって戦ったことないよね」

「やっぱり火に強いんでしょうか？　でも水が弱点っぽいですし、ヴンダーさんのアイスがあれば有利に戦えるかも」

「ふぉあたぁ！　へいやぁ！」

「ゴ――」

「行くな」

ゴビーの首根っこを掴（つか）んで止める。俺たちが座っている目の前で、ポワンがまた体を動かしていた。

アリスさんに目で訴えかける。

（これって、あれだよね？）

（そうだと思います。でもちょっと怖いです）

（わかる、俺も同じだ）

実際に言葉に出したわけではないが、恐らく予想は間違っていないだろうとお互いに理解できた。

チラッ

少し俯きつつ、小声で行き先を相談する。

ポワンは何度もこちらを見ていたのだが、急に動きを止め、腕を伸ばした。

「うーん！　誰かとパーティーを組みたいなー！　あたしはレベル10のモンクだし、レベル10くらいの人がいいなー！　あ、低くてもいいかもー！　誰かいないかなー！」

「「……」」

「ゴ――」

「行くなって」

ここまであからさまなパーティー参加希望があっただろうか。いや、ない。

だが、どうして素直に声をかけない？　……きっとシャイなのだろう。だから、俺たちから声をかけてもらえないかと必死にアピールしているのだ。

どうしたものか。少し悩んでいると、両側から肘で突かれた。だから、俺も肘で突き返す。

しかし、どうしても二人はやめてくれない。なので、小声で話しかけた。

「同じ女性ということで、ここは一つ……」

「いえいえ、変な人には変な人がいいです」

「遠回しでもなく俺が変な人だって言ってるよね!?」

「あ」

「ゴブ？」

「えっ、今あたしとパーティーを組みたいって言った!?」

くそっ、思わず大きな声を出してしまった。

アリスさんとゴビーは、我関せずといった感じで固まっている。

「……言ってません」

「そ、そっか」

そう答えて恨みがましくアリスさんを見たのだが、彼女はどうぞどうぞと手を出している。納得いかない。

こうなってしまったら仕方ない。俺は覚悟を決め、しょんぼりしているポワンに話しかけた。

「あの、自分たちは少しレベルが低い――」

「構わないよ！」

「戦力としても弱く――」

「あたしに任せてよ！」

「……じゃあ、一狩り行きます？」

「やったあああああああああ！　ちょうどいいクエストがあってね？　よし行こう！　ほら行こう！」

座っている俺たちの手を引っ張るポワンを見て、すぐに理解した。あぁ、テンションが高くて面倒な人なんだな、と。

言われるがままにクエストを受け、連れて行かれるままに東のモニュメントへ。

森の中へ入り、でっかい狼と出会った川に沿って歩く。またあいつと会えないかなぁと、少しだけ思った。

　しかし、先頭を歩くポワンとゴビーは嬉しそうに歌いながら腕を振っている。

　ゴビー、お前あの時のこと忘れてるだろ……。きっと狼も悲しんでるぞ？

「かっり、かっり、うっれしっいなー！」

「ゴップ、ゴップ、ゴップブブー」

　馬が合う、というやつだろうか。話は通じていないはずなのに、二人は意気揚々と進んでいた。

　後ろへ続く俺たちは、というとだ。

「嫌な予感がする」

「私もです」

　複雑な心境だった。


　四人で少し歩き、洞窟へと辿り着く。洞窟は北でビッグフットと戦って以来で、ちょっとワクワクする。

「よっし、いっくぞー！」

「あ、ちょっと待ってもらえますか？　クエストの内容を確認します」

　やる気満々のポワンに待ったをかけて、俺は画面を開こうとする。ポワンに強引に連れられてきたものの、どんな内容なのかわかっていなかったからな。

「それならあたしが伝えるよ！　目的はこの洞窟内にいるゴブリンを十体討伐すること！　軽い軽

い！」

「ゴブゴブ！」

説明は終わったとばかりにポワンは歩きだす。ゴビーはそもそも話を聞いていたのかも怪しい感じで後に続いていった。

だが、俺とアリスさんはそうはいかない。目を合わせ、あわあわとせざるを得ない。

ゴブリン討伐のクエストがあったことは知っている。だが、当然のごとく避けてきた。

「ちょ、待ってください！　違うクエストにしましょう！」

「私もヴンダーさんの意見に賛成です！」

「お、いた！　来るよ！　ゴビー構えろー！」

「ゴブー！」

手遅れだった。

やばいやばいやばいと頭の中で叫びつつ、洞窟を少し入ったところで戦闘を開始している二人に追いつく。

ポワンは右足を上げ、なんかそれっぽく構えている。

一方、ゴビーは敵を見てキョトンとしていた。

「ポワンさん、待っ――」

「よっしゃー！」

放たれた弾丸のように、戻ることなど一切考えずポワンが飛び出す。

敵のゴブリンとこちらを何度も見ているゴビーの顔が痛ましい。

しかし、「ほわちゃー！」「てやー！」と声を上げながら、ポワンは容赦なくゴブリンに攻撃を続ける。防御をまるで考えていないらしく、ポワンのＨＰはガンガン減っていた。

アリスさんは気まずさを抱えたまま、小声で「ヒール」と唱える。

俺は戦闘に参加することができず、オロオロしているゴビーの背を撫でて宥めることに努めた。

あっという間に戦闘が終わり、二体のゴブリンが光となり霧散する。

ゴビーはその光景を、呆然として見ていた。

「いやー！　やっぱりヒールがあるといいよね！」

「……はい、そうですね」

そう答えるだけで精一杯だ。

「どう？　あたし結構やるでしょ？　ヴンダーも安心して魔法を唱えてね」

「……そうですね」

「ゴビー！　いえーい！」

「ゴブッ」

ポワンはハイタッチしようと手を出したが、ゴビーは彼女の脛に蹴りを入れた。そりゃそうだ……。

唖然としている彼女の手を引っ張り、俺たちは洞窟内から撤退。本当に困ったことになった。

「あ、あのさ。あたし、何かしたかな？」

「いや、そりゃ、その……アリスさん」

「いえ、その、ねぇ？　ヴンダーさん」

ポワンは、いちプレイヤーとして決して間違ったことをしたわけではない。

だが、俺たちにとっては大問題だ。

頭を抱えていると、ゴビーが俺の服の裾を引っ張り、ポワンを指差した。

「ゴブッ、ゴブゴブッ。ゴーブゴブゴブゴブゴブゴブゴブゴブゴブゴブッ！」

「あ、うん。わからないけどわかる。そうだよな、わかるよ」

「ゴーブゴブゴブ？　ゴブゴブゴブゴブゴブゴブゴブッ！　ゴブゴブゴブゴブ？　ゴブゴブゴーブゴブブゴブゴブ！」

「いや、わからないけどそうだよね。ごもっともだ」

「え？　え？」

不満を露にし、過去覚えがないほどにゴビーは怒りを訴えていた。

問題は、ポワン自身がわかっていないことだろう。驚異的な空気の読めなさだ。

でもまぁ、俺が言うしかないよね。わかった、わかったからゴビーも俺の耳を引っ張るな！　わかったって！

「あの、ですね」

「わかった！　一人で倒しちゃったから――」

「あ、ちょっと黙ってもらえます？」

「は、はい」

まだ理解していないポワンを見て、額に手を当て少し悩んだ後、俺はゴビーの気持ちを端的に代弁することにした。

「ゴビーはこう言っています」

「う、うん」

「お前、嫌い」

「ええええええええええええ!?　そんなことないよね!?」

「ゴブッ」

「ね？　言った通りでしょう」

「そ、そんな……」

ゴビーが頷いたことで、ポワンが崩れ落ちる。ショックが大きかったらしく、目には涙を溜めていた。というか、嗚咽が漏れていた。

今まで、こんなに気まずい空気があっただろうか。

俺は困り、ゴビーは怒り、ポワンは泣いている。

しかしそんな中、一つ咳払いをし、聖女が一歩前に進み出た。

「ゴビーちゃん、もう一回チャンスをあげませんか？　ポワンさんは空気をまるで読めないし、考えなしだし、心底救いようがないですけど、悪い人じゃないと思うんです」

「それフォローじゃないよね!?」

「うわあああああああああん！」

アリスさんの毒舌に突っ込みを入れる俺の隣で、ポワンは盛大に泣いた。

しかし、その様子を見てもゴビーは譲らない。ふんっと腕を組んで、顔を背けていた。

「ねぇゴビーちゃん。私のお願いです。ポワンさんも、今では理由がわかって反省していますから」

「……ゴブー？」

本当か、という風にゴビーがちらりと見ると、ポワンは顔を上げて慌てて答える。

「は、反省してる！　本当！　次からはもっとゴビーとの連携を考えるから！」

「ゴブー！」

「あ、無理そうです」

駄目だ、いまだにポワンはわかってない。

ゴビーが怒り、アリスさんは匙を投げた。

あぁ、こんなときにカイルさんがいれば、丸く収めてくれるのかなぁ。どうして声をかけるのを躊躇ったんだろう。

しかし、もう俺がどうにかするしかない。深く溜め息をつき、俺はポワンに話しかけた。

「あのね、ゴビーがゴブリンなのはわかるよね？」

「う、うん」

まだ察していないポワンは、なぜそんなことを聞かれるのかといった顔で頷いた。

「ゴブリンがゴブリンを倒したいとは思わないよね？」

「はっ……ご、ごめん、ゴビー！」

「ブッ」

今まで聞いたことない侮蔑（ぶべつ）っぽい声をゴビーは上げた。怒りはＭＡＸ。とどまるところを知らない。

正直、このままポワンと別れてしまえばいい。

しかし、それはそれで若干だが後味の悪さがある。今の出来事など、ポワンは数秒で忘れかねないが。

俺はこの場を収めるために、ゴビーに声をかける。

「ゴビー、このクエストは破棄する。破棄ってわかるか？　やらないってことだ」

「ゴブゴブ」

「で、違うクエストを受けよう。ポワンも連れていく」

「ゴブッ！」

即座に拒否反応を示したゴビーの肩をポンポンと叩き、俺は続ける。

「まぁ聞けって。クエストをよく確認せず、言われるがままに受けた俺にも責任があった、ごめんな。だから、一度だけ挽回（ばんかい）の機会をくれ。つまりチャンスをくれってことだ」

「ゴ、ゴブ？」

よし、少し難しいことを言ったせいでゴビーが混乱し始めた。この調子でうまく畳みかけよう。

「全部終わったら、ポワンが好きな物をなんでも食べさせてくれる。どんな高い物でもいいぞ」

「えっ」

「ゴブー？」

ポワンが驚いて声を上げるが、それは無視だ。

「本当だ。彼女は深く反省している。財布が空（から）になろうとも奢（おご）ってくれる。ただし、お金がなくなったら許してやれよ？　金を稼ぐことが大変なのはわかってるよな？」

「あ、あの、あたし新しい手甲（てっこう）を――」

「黙って。ついでに正座して」

「……はい」

ゴビーはとても悩んでいたが、舌打ちをした後に頷（うなず）いてくれた。どうやら少しだけ機嫌が直ったらしい。

ちなみにポワンは財布を見ながら半泣きになっていた。悪いが諦（あきら）めてくれ。


町へ戻り、違うクエストを受ける。それは南のモニュメント近くに出るマンイーターフラワーを倒すというもの。前にゴビーを食ったあいつだ。

移動中、ポワンは無言でトボトボと歩いていた。それを見ていると気の毒に思えたので、俺はポワンに話しかけた。

「頼りにしてるから、しっかり頼むよ。失敗は成功で取り返してくれ」

「……あたし、いつも空気が読めないって言われてさ。はぁー、今日もやらかしちゃった。また駄目みたい」

なんか想像通りで、そうだろうなぁと納得してしまう。

どう励ましたものかと思っていたら、アリスさんが口を開いた。

「駄目？　ゴビーちゃんはきっと許してくれますよ？　それとも、許してもらうのを諦めちゃったんですか？」

「諦めてないよ！　頑張る！　一人で頑張るから！」

「一人じゃなくて、みんなで頑張りましょう。後、ちゃんと相談しましょうね？」

「みんなで！　わかった！　任せて！」

ポワンが「よし、やるぞ、やるぞ」と拳を握り締めて呟いている。

ゴビーは唇を尖らせ、まだ不満だという顔をしていた。

アリスさんが俺の背中を叩く。そっちは任せましたよ、という感じで、彼女はポワンのもとへ行ってしまった。

まぁゴビーは悪くない。怒りっぱなしでもいいんだが、どうせなら笑っていてほしい。だから、俺はゴビーを肩車した。

「ゴブ？」

「知ってるか、ゴビー。ここでポワンを許してやると、お前は器の大きいすごいゴブリンだって思われるぞ。それって格好よくないか？」

「ゴブ……ゴブッ！　ゴブゴブッ！」

「そうそう、楽しくいこうぜ？　たぶん悪い奴じゃないんだ。空気読めないけど。……それに、一人って寂しいだろ？　ポワンの気持ち、お前もわかるよな？」

「――ゴブ」

深くゴビーが頷いた気がする。正しく伝わったようで、こっちも嬉しくなった。


そして南のモニュメントに辿り着いた。相変わらず蒸し暑い。

まだ少し距離はあるものの、ここからでもマンイーターフラワーの姿は見えている。リンクも怖いが、それ以上に気をつけなければいけないことがあった。

「たぶん、あいつはアクティブモンスターだ」

「確か、こちらが攻撃しなくても襲ってくるんですよね？」

アリスさんの言葉に俺は頷く。

「そう、今まで相手にしたことがないタイプだから、注意が必要だね」

「わかりました」

……妙にゴビーとポワンが静かだ。目を向けると、ゴビーはやる気に満ち溢れた感じで周囲を警戒しており、ポワンは直立不動だった。ちょっと怖い。

一体アリスさんは彼女に何を言ったのだろう？　聞いてみたい気持ちはあったが、意味ありげに「ふふっ」と笑っていたので聞けなかった。こっちも怖い。

さて、ではマンイーターフラワーとかいう、明らかに人を食いますって名前のモンスターを狩りますか。

やり方は単純だ。恐らく火に弱いので、俺がフレイムで一匹ずつ釣る。

それをポワンとゴビーがボコボコに殴り、リンクした場合はポワンが対応する。アリスさんはヒールしつつ恐ろしい鈍器で殴る、って感じだ。

最初に釣った奴はHPが減っているので、ゴビーがやられる前に倒しきれるだろう。

リンクした奴はHPが多いが、ゴビーよりも能力が高いであろうポワンが担当すれば大丈夫なはず。うん、いけそうだ。

「ってことで——フレイム！」

一匹でウロウロしている花に攻撃。すると、奴はすぐにこちらへ向かってきた。触手みたいなのを足代わりにし、うねうね歩いていて不気味だ。

「ポワン！　ゴビー！」

「任せて！」

「ゴブー！」

二人は同時にマンイーターフラワーのもとへ駆けていく。

が、それは違う！　この場から離れてしまったらリンクしたときに俺たちが危険だ！

慌てて止めようとしたのだが、先にアリスさんが注意した。

「二人とも離れすぎないで！」

郵便はがき

1508701

料金受取人払郵便

渋谷局承認

9400

039

差出有効期間
平成30年10月
14日まで

東京都渋谷区恵比寿4－20－3
恵比寿ガーデンプレイスタワー5F
恵比寿ガーデンプレイス郵便局
私書箱第5057号

株式会社アルファポリス
編集部 行

お名前
ご住所　〒 TEL

※ご記入頂いた個人情報は上記編集部からのお知らせ及びアンケートの集計目的以外には使用いたしません。

アルファポリス　http://www.alphapolis.co.jp

ご愛読誠にありがとうございます。

読者カード

●ご購入作品名

●この本をどこでお知りになりましたか？

年齢　　歳　　　　性別　　男・女

ご職業　1.学生（大・高・中・小・その他）　2.会社員　3.公務員
4.教員　5.会社経営　6.自営業　7.主婦　8.その他（　　　）

●ご意見、ご感想などありましたら、是非お聞かせ下さい。

●ご感想を広告等、書籍のPRに使わせていただいてもよろしいですか？
※ご使用させて頂く場合は、文章を省略・編集させて頂くことがございます。
（実名で可・匿名で可・不可）

●ご協力ありがとうございました。今後の参考にさせていただきます。

「はい！」

「ゴブッ！」

え、なに今のすごくいい返事。ゴビーも俺が言ったときよりもしっかり返事をしてたんじゃないか？

なんか釈然としない気持ちと底知れぬ恐怖を覚えつつ、油の入った瓶をいつでも投げられるように準備して、フレイムを放った。

植物には火。それは間違いなかったようで、フレイムだけでもいいダメージが入っている。細工をせずに強いってのも、たまには悪くない。

その後、すぐにマンイーターフラワーが倒された。ポワンとゴビーは走って戻ってきて、アリスさんの前でビシッと姿勢を正した。躾がいい犬みたい。

やり方が確立されれば消化試合みたいなものだ。ポンポンと敵を倒していく。

しかし、もう一体倒せばクエスト達成になるところで、ゴビーがやらかした。

「ゴ、ゴブゴブー！」

「だー！　フレイムを撃った奴って言っただろ！」

狙いと違う奴に真っ直ぐ突っ込み、戦い始めてしまったのだ。しかも近くにいた奴らもリンクしている。

計五匹。非常に厳しい。ポワンが二匹、ゴビーが一匹を担当するとしても、二匹あぶれてしまう。

だが、こういうときの油瓶。一匹にぶっかけ、フレイムを二発。見事に撃破した。

「ポワン二匹！　ゴビーちゃん一匹！　残り一匹は私が！」

アリスさんの素晴らしい状況判断。これならばいけそうだ。

まずはアリスさんをフリーにしようと、一発分のＭＰを残してフレイムを連射。ポワンも自力で一匹倒し、残りは二匹。

なんとかなった、そう思っていたのに――

「げっ、ポップした」

「近すぎます、リンクしますよ！」

ゴビーの真横に出たマンイーターフラワーがリンクし、ゴビーに襲い掛かる。まずい、あいつのＨＰがもたない！

「任せて！」

一番削れている奴から倒そうと魔法を放つよりも早く、ポワンが敵を引き付けたまま、ゴビーを狙っている一匹を蹴り飛ばした。

「ヒール！」

「フレイム！」

ゴビーのＨＰゲージは真っ赤になっていたが、ギリギリのところでヒールが間に合い、一匹をフレイムで倒す。

ポワンは自分が受け持っていた奴にそのまま殴られながら、ゴビーを狙っている奴を蹴り倒す。

最後にポワンを殴っていた奴を四人で倒した。

「やったー！」

「ゴブー！」

ゴビーとポワンがハイタッチをする。それはわだかまりがとけたことを表しており、こっちもホッとした。

が、俺はすぐに二人の腕を掴んで走りだす。アリスさんも理由がわかっていたらしく、後に続いてくれた。

「え？　え？　今、ゴビーと勝利の余韻に――」

「ポップしたらまた戦闘だ！　今度こそ全滅するぞ！」

「ゴ、ゴブー!?」

「ひえー！」

ちらりと後方を確認すると、案の定、敵が現れている。危ないところだったな。

俺たちは無事モニュメントへ辿り着き、町に戻ってクエスト達成を報告した。

で、次はゴビーお待ちかねのあれだ。すでにテーブルの上には、溢れんばかりの料理が並べられている。

「あ、あのゴビー？　これで充分だよね？」

「ゴブゴブ」

「駄目なの!?」

首を横に振るゴビーを見て、ポワンは半泣きになっている。が、諦めてもらおう。これも空気を読まなかった代償というやつだ。

テーブルの上にある大量の食事を摘んでいると、アリスさんが俺の肩を叩いた。

「で、どうするんですか？」

「あー……ゴビー！　ポワンは仲間か？」

「ゴブ？　ゴブゴブ」

「本当!?　ありがとー！　やったー！」

なんと言ったのかがポワンにもわかったのだろう。両手を上げて大喜び。

ただしそのときにテーブルから料理をいくつか落としたので、ゴビーが再注文した。

まったく、ポワンはしょうがない奴だ。

……だがまぁ、こんな奴が仲間にいるのも悪くないだろう。

だって、ゴビーが言っていたからな。

「え？　もう仲間だよ」ってね。

十話　砂漠のダンジョン　一日目　前編

いつものようにログインする。ゴビーの頭を撫でた後、今日は何をしようか考えていると、ズボンの裾を掴まれた。

目を向けると、ゴビーが指を差している。その先にいるのは――

「てやー！　ほわちゃー！　ひょあにゃー！」

周囲の人が目を逸らして通り過ぎる。変な声の主は、言うまでもなく新しい仲間のポワンだった。

俺が声をかけずに近くにあるベンチへ腰かけると、ゴビーも何も言わずに隣へ座った。

「へやっはー！　ふぉあにゃらー！」

あぁ、今日も平和だなぁ。そうだ、ダウジングの旅に出ようか。面白い物でも見つかるかもしれない。

ゴビーにそう提案すると、嬉しそうに頷いた。

俺たちはアリスさんが来ないかなーと、そのまま十分ほど座って待っていた。

視界の端では、相変わらずポワンが拳や足を振るっている。

すると、アリスさんがやってきた。

「あ、ヴンダーさん。もしかして待っていてくれたんですか？」

「うん、今日はダウジングで一攫千金でも狙おうかと思ってさ」

「その計画、数えきれないほど頓挫していますよね？」

「ゴブゴブ」

「でも、続けないといい結果は得られないから」

ゴビーとは反対側の隣に座ったアリスさんに今日の目的を話していると、鍛錬をしているのか踊っているのかわからなかったポワンが、一歩一歩踏みしめながらこちらに近づいてきた。

「あのさ！」

「うん」

「はい」

「ゴブ」

「声かけてよ！　待ってたんだから！」

お前に声をかけるのには勇気がいるんだよ。そして声をかけられるのにもな。

周囲の視線を感じつつ、俺は小さく溜め息をついた。


その後、俺たちは西のモニュメントにやってきた。なんか砂漠ってお宝が眠ってそうじゃない？

という安易な考えからだ。

「今日は何を狩る⁉　あたし頑張るよ！」

張り切っているポワンに、俺は冷静に告げる。

「何も狩りませんよ？」

「え？　じゃあ、何を狩るの？」

「いや、だから狩らないって」

「んんん？」

「ゴブブブ？」

ポワンが首を傾げ、ゴビーも首を傾げる。恐らくゴビーは、「どうしてこいつには話が通じていないんだ？」って感じだろう。ポワンよりゴビーのほうが賢く、空気が読める気がする。

その後、ダウジングをすると説明したのだが、やはりポワンには伝わらなかった。

まぁアリスさんが手綱を握っていればポワンは大丈夫だろうと、俺はゴビーとダウジングを開始する。

ゴビーには、俺がもらったダウジング用ペンダントを渡し、俺はスライムの杖の先を垂らしてダウジングだ。

本来は逆であるべきなんだが、ゴビーのほうが見つける確率が高いため、いつの間にかこれが定番になっていた。本職のダウザーは俺なのに……。

「お、反応がない」

「いつも通りですね」

アリスさんが俺に苦笑すると、ゴビーが興奮気味に声を上げる。

「ゴブゴブ！」

「ゴビーのは動いてるよ！　強敵の予感！」

これっぽっちも強敵は求めていないのだが、ポワンはバトルジャンキーなのだろうか？

……いや、ゲームのプレイヤーとしては別におかしな反応ではないと思うが。

ゴビーに続いて歩くこと数分。持っているペンダントがグルグルと円を描く。過去になかった大きな反応だ。ついでに俺の杖もポヨポヨ動いている。

「この辺に何かあるんですかね？」

「でも砂しかない。まさか掘れってこと？」

アリスさんと二人で首を傾げていると、ポワンとゴビーの楽しそうな声が聞こえてきた。

「見て見て！　ここ、足が沈んでいくよ！」

「ゴブゴブ！」

「あははっ、面白いね！」

「レスキュー！」

見るまでもなくやばいとわかり、俺とアリスさんは二人の救助を開始する。

俺の腰をアリスさんが掴み、俺は杖の先をビヨーンと二人に向かって伸ばす。先にゴビーが杖を掴み、無事に引き寄せることができた。

次にポワンを助けようとしたのだが、すでに腰まで埋まっている。かなりやばい。

「ポワン、掴め！」

「届いてないよー！　ひえー！　これやばいやつ⁉」

「もっと早く気づこうな⁉」

今ごろ理解したのかと呆れつつ、砂が沈み込んでいる範囲ギリギリのところから救助しようとする。しかし、ズブリと前足が沈んだ。まずいと思い、足を引き抜いて後ろに下がったが、今度は両足とも沈んでしまった。

振り返ると、アリスさんが両手を合わせて祈り始めている。ゴビーもその真似をして、ごぶごぶ言っていた。

痛いほどの眩しい太陽へ目を向け、俺はふっと笑った。

「ギャー！　助けてー！　顔、顔が半分埋まってるー！」

「神よ――」

「ゴブ――」

「終わった……」

抵抗すればするほど沈み込む速度は増し、俺たちはそのまま砂に呑まれていった。

これが地獄か……！


どうせ死に戻りだろ！　はいはい、知ってます！

……と思っていたのだが、目を開けると普通に体が動いた。天井から明かりが漏れているのか、視界も良好なので周囲を見回す。

「起きてヴンダー！」

「げふっ」

え？　俺は今、上半身起こして周囲を見ていたよね？　どうして腹を殴られたの？　ねぇ、どうして？　なぁ、どうして殴った⁉

なぜか安心した顔をしているチャイナ服女の頬を掴み、思い切り引っ張る。

「俺、起きたよな⁉　起きてたよな⁉　どうして殴った⁉」

「いひゃひゃひゃひゃひゃひゃ。いひゃいひょ！」

「オーケー、わかった。言葉が通じないから放そう」

手を放すと、ポワンは頬を撫でながら半泣きでジト目を向けた。いや、殴られた俺のほうが痛かったからな!?

……まぁ、こいつじゃ話にならない。

なのでゴビーとアリスさんを探す。しかし、姿も形も見えなかった。

「なぁポワン」

「起きたのに何も言わないから、まだ意識が朦朧としてるのかと思ったんだよ！　あたし不安だったし、しょうがないよね!?」

「お前の言い分はわかった。全部お前が悪い、許してくれとは言わない。で、二人は？」

「え？　うん、謝ってくれたならいいかな。ゴビーとアリスさんはいないよー」

全く謝ってないのに雰囲気だけで許すとは、ポワンは単純だなー、と思いながらアリスさんへ連絡をする。

しかし、通じない。もしかして気絶しているのか？

なんとなく嫌な予感がして、カイルさんに連絡をする。……通じない。

他の人にもメッセージを送ってみたが、やはり通じなかった。

「ねぇねぇ！　あっちに道があるよ」

「ハウス」

「わん！　って、あたし犬じゃないよー」

「そうだな、犬のほうが利口だ」

「そりゃそうだよ、犬より利口だよ！　……ん？」

首を捻っているポワンを無視し、現状について考える。

本来入れない場所へ落ちてしまった。もしくは外部と連絡を取れない特殊なダンジョン。このどちらかだろう。なら、やることは決まっている。

「ポワン」

「なにー？」

「フレイム」

「ギャアアアアアアアア！」

大袈裟に転がりながらポワンがフレイムを避ける。

残念ながら命中しなかった。思っていた以上に素早い。

じゃあ二発目を、と思ったのだが、ポワンは両手を上げて首を横へ振った。

「ごめんごめん、何が悪いのかわからないけど、あたしが悪いんだよね!?　ごめん！　だから落ち着こう？　ね？」

「落ち着いてる落ち着いてるフレイム」

「ギャアアアアアアアアア！」

またも避けられた。モンクの基本ステータスがすごいのか、ポワンがすごいのか。

感心していたのだが、ポワンは俺と距離をとって虚ろな目をしていた。これだけ距離があると簡単に避けられてしまいそうだ。

「あ、あのねヴンダー？　混乱しているのかな？　大丈夫！　あたしがなんとかするから！　それとも状態異常？　殴ったら治る!?」

「いや、いたって冷静だ。ここを脱出する方法を試そうとしていた」

「ほう！　それは興味深いね！　……で、どうするの？」

「フレイム」

「ギャアアアアアアアアアアアアアアア！」

むぅ、なかなか手強い。隙を突いたつもりだったが、またもや当たらない。やはり距離がネックだったか。

さすがにここまで警戒されては無理そうだと思い、俺はポワンを倒すのを諦めた。

なので、説明する。

「脱出方法がわからない。アリスさんたちが生きているかどうかもわからない。だから、一人ここから脱出させようと思った」

「う、うん」

「ポワン——死なないか？」

「嫌だよ！」

「そうか……」

死に戻りは嫌なようだ。まぁ俺だって嫌だからしょうがない。

となれば、他にできることは一つ。そう――ＧＭコールだ！

ポチポチッとＧＭ（ゲームマスター）さんに連絡。すぐに返事がきた。

『そこはダンジョンです。不具合などは確認できないため、キャラを移動させることはできません』

……とのこと。これでハッキリしてしまった。

罠か何かにハマったと思っていたのだが、ダンジョンに入ったようだ。

そして死ぬかクリアするか、あるいは死なないと出られない。二回も死を浮かべたあたり、もう死ぬしかない気もする。

だが、ポワンはＧＭ（ゲームマスター）の答えを聞いて喜んでいた。

「よーし！　ゴビーとアリスさんを探しに行くよー！　頑張ろうヴンダー！」

しかも、相棒がこいつだ。俺の返事も聞かずに走りだし、壁があっても立ち止まらない、猪（いのしし）にも劣るポワン。

先行きを想像し、俺は額（ひたい）に手を当てた。

十一話　砂漠のダンジョン　一日目　後編

このダンジョンには光があり、視界はいい。ただ、閉塞感と恐怖がやばかった。

天井には砂。あちらこちらで、上から砂が零(こぼ)れ落ちているのが見える。天井が崩れるのではないか、という恐ろしさがあり、もう本当に嫌だ。

「ふんふんふーん。アリース！　ゴビー！」

「大声を出すな、崩れたらどうする!?」

「へーき、へーき！」

ポワンは崩れるわけがないよー、と平気そうにしている。俺と同じ人類とは思えない気楽さだ。

不測の事態は別に構わない。これがバグでないこともわかっている。

……あれ？　つまり、何も問題はない？

「なんだ、よく考えれば大したことじゃないな。よし、ダウジングしようぜ！」

「ダウジングしよう！　敵が見つかるかも！」

「ダウジングは敵を見つけるものじゃないけどな」

杖の先をビョンビョンさせながら歩く。特に反応はないが楽しい。

少し進むと、広い部屋に出た。床はマス目状に区切られており、光っているマスと黒いマスがある。しかもその二種類が、一定の時間で入れ替わっていた。

これみよがしな罠だ。恐らく、黒いマスを踏むと、罠が発動するのだろう。

部屋の壁を見るとボタンが三つあって、一つには髑髏(どくろ)のマークがついている。これもあからさまだった。

こういうとき、あの二人がいないのが辛い。アリスさんがいれば回復してくれるし、状態異常だって治してくれる。ゴビーがいれば、なんとなくボタンを一発で当ててくれそうだ。

しかし、今は俺とポワンしかいない。どうしたものか。

「ねぇヴンダー、ボタン押していい？」

「うーん……」

「今、うんって言った！　よーし、じゃあ髑髏(どくろ)のやつ！　カッコいいし！」

「えっ」

止めるよりも早く、ポワンがボタンを押す。

槍か矢でも出るか⁉　慌てて身構えたが、それよりも面倒なことになった。

床のマス目の入れ替わりが、さっきまでとは比べ物にならないほど速くなったのだ。

「おぉー」

「こいつはすごいな。黒いのは踏んだら絶対に駄目なやつだろ。……でもせっかくだし、踏んでみる？」

人の好奇心とは恐ろしいものだ。踏んではいけないとわかっているにもかかわらず、俺は踏みたくてしょうがなくなっていた。

これ、踏んだらどうなるの？　普通に考えたら床が抜ける？　敵が出る？　……知りたい！

一回だけ、一回だけなら。荒ぶる感情を抑えきれず、恐る恐る足を伸ばす。

しかし、ポワンが大声を出した。

「あー！　わかった？　いや、まだ踏んでない」

「わ、わかった？　いや、まだ踏んでない」

「見ててね？　ホイッと」

自然に、平然と。横断歩道の白い部分を踏み歩くかのごとく、軽やかにポワンは進み出した。

驚きつつ見ていたのだが、小声で何か言っている。耳を澄ますと、予想外な言葉が聞こえた。

「ケン、ケン、パッ。ケン、ケン、パッ。ケン、パッ。ケン、パッ」

「えぇー」

目がチカチカするほどの速度でマス目が変わっているのに、けんけんぱなの？

だが実際、ポワンはそのまま部屋を通り抜けて向こう側にある通路へ辿り着いた。

「ほら、ヴンダーも！」

「おう、今行く！」

景気よく返事はしたものの、俺は一歩を踏み出せずにいた。

何これ、速くない？　いつがケンで、いつがパッなの？

リズムよくいけばいいのかもしれないが、俺にはタイミングが掴めない。

「どうしたのー？　ケンケンパッ、ケンケンパッ、だよ！」

「いや、わかってるんだが……ポワンの動体視力はどうなってるんだ？」

「えへへー、毎日ブログを更新した甲斐があったね！」

「それは絶対に関係ないと思うが、ちなみにアクセス数は？」

動体視力とは一切無関係だが、ほんの少しだけ興味が湧いて聞いてみる。

ポワンは自信満々に指を一本立てた。

「毎日一人いるから！　すごいでしょ？　必ず一人来てくれるんだから！」

「それは――いや、何も言うまい」

嬉しそうなので、真実は伝えないことにした。毎日更新しているブログに来ているのが、自分だけだと知ったら立ち直れなくなりそうだ。

さて、じゃあ俺もやるか。息を整え、床を見据える。

……うん、無理だ。数秒で俺は諦めた。

「いやいや、なんだこれ？　全然タイミングがわからん！」

「しょうがないなー。じゃあ、あたしが合図してあげる！　練習ね！」

ポワンに言われ、俺はその場で一度やってみることにした。

「ケン！　ケン！　パッ！」

「けん、けん、ぱっ」

「ケン、パッ！」

「けん、けん、ぱっ。え？」

「違うよー、はい、やり直し！」

何度も足踏みを繰り返す。しかし、ちっともできる気がしない。

業を煮やしたのか、けんけんぱしながらポワンが戻ってくる。

なんなのこいつ、いとも容易くやりやがって。逆バージョンでもお構いなしか。

何度も何度も教えてもらい、ついに俺は行くことにした。というか、もうやってみないとわからん。

「いくよー！」

「おう！」

「ケン！」

「けん！」

一歩目成功。後はリズムに乗れ！

けん、ぱっ。けん、けん、ぱっ。けん、ぱっ。けん、けん、ぱっ。

リズムを崩さないよう、チカチカと明滅する床を進む。二回ほどケンケンパをループしたところで、俺は無事に渡りきった。

「こんなに辛い戦いは初めてだった」

「やったね！　あたしもすぐ行くから……あれ？」

「ん？」

どうしたのかと目を向けると、床の入れ替わりが遅くなっていた。

あれ？　つまりそれって……。

ポワンも理解したのだろう。黒いところを踏まないようにし、けんけんぱ。

ポワンが押した髑髏ボタンは、時間が経てば戻る仕掛けだった、ということらしい。俺のあの努力はなんだったのだろう。

しかし、ポワンはこちらへ辿り着き、嬉しそうに笑った。

「面白かったね！」

「あー……そうだな！　面白かったからいいか！　でも踏んだらどうなるかが――」

「今、アリスの声がした？　あっちだ！」

俺には聞こえなかったのだが、ポワンはもう走りだしている。

今通り抜けてきた部屋を確認し、後ろ髪引かれる思いをしつつ、俺はポワンを追いかけることにした。

さっさと踏んでみればよかった……。


廊下に罠がないか気をつけながら、次の部屋へと進む。

そこには大きな砂の山があり、奥に通路が一つあるだけだった。

「あれ？」

「どしたのー？」

ダウジングをしていた杖の先が、これ以上ないほどに砂を指している。何かあるってことかな？

しかし、砂をどけるとなれば重労働。砂山の向こうは壁だから、扉でもあるのか？

調べていると、奥の通路から足音が聞こえた。

「あー！　アリスとゴビーだ！」

「ポワン！　……ヴンダーさんも！」

「ゴブー！」

「おぉ、無事でなにより」

ゴビーは真っ直ぐ俺のもとへ飛び込んできた。もしかしたら、離れて寂しい思いをしていたのかもしれない。だが、もう大丈夫だぞ。

少しでも情報が欲しくて話を聞いてみると、アリスさんたちはほぼ一本道を進んできたらしい。道中で怪しいところは特になく、ただ歩いていただけ。こっちとは違うなぁ。

「分かれ道とかは？」

「見当たりませんでした」

「つまり、入口はあの落ちた場所だけってことか」

アリスさんと話していると、ゴビーが俺の服を引っ張る。

「ゴブッ！　ゴブゴブッ！」

「あぁ、わかってるわかってる。砂の中に反応があるんだろ？　ダウザーの俺もすでに見つけてるぜ！」

「え？」

「ゴブ？」

「さすがだよね！」

ポワン以外の二人は俺が見つけたことを信じられないのか、キョトンとしていた。どうやら俺の能力は信用されていないらしい。切ない。

……しかし、今はここから脱出するほうが先。一つの壁を覆っている砂山を登り、辺りを調べた。

「うーん、砂を掘るしかないか？」

「ゴブゴブ！」

「いや、俺は砂山で城を作れって言ってないからな？　水を無駄遣いしやがって」

だがゴビーは俺を無視して、楽しそうに砂遊びをしている。

「ゴッブゴッブー」

「……ゴビーうまいな。俺も手伝っていい？」

「ヴンダーさん！」

「はい！　ちゃんとやります！」

ゴビーが立派な砂城を作っていたので手伝おうとしたのだが、アリスさんに叱られたため慌てて作業に戻った。

そして、調べに調べること一時間。俺たちは諦め、砂をどけることにした。

「おりゃりゃりゃりゃりゃりゃりゃりゃりゃー！」

「ポワンは元気いっぱいだが、ひたすら手でやるんじゃ時間がかかるよなぁ」

「バケツか何かに入れて運びますか？」

「そのバケツがない」

「疲れたー」

「もうちょっとペースを考えろ！」

考えなしの行動派、ポワンに呆れていたのだが、手を動かさなければ始まらない。

何かいい方法がないか考えつつ砂をどけていたのだが、ふとゴビーの姿が見えないことに気づいた。

まさかはぐれたのかと思い、周囲を探す。決して砂を掘るのに疲れてサボろうとしたわけではない。

だが、ゴビーの姿はすぐに見つかった。

砂山の横、壁の隣。そこでゴビーは砂に水をかけて固め、穴を掘っていた。どうやら逆側まで貫通させようとしているらしい。

しかし、それだと周りの砂の重みで穴が潰（つぶ）れるぞ、と思ったところで……。

「あー、あーあー……あ！」

閃（ひらめ）いた。俺はその思いつきをすぐに実践することにした。

まずはアイスを使い、そこにフレイムを放って氷を溶かす。すると砂は当然濡れて固まった。これなら掘りやすい。

アリスさんとポワンも呼び寄せて、作戦を伝えた。

俺が魔法を使い、ＭＰが切れたら座って回復。他の三人が砂を掘る作業を繰り返す。

これが意外に効率的で、あっという間に二人並んで通れるくらいのトンネルが完成した。高さはあまりないけどな。

中腰になって砂のトンネルの中を進むと、砂に埋もれていた扉が現れる。

「……よし、入ろう」

「その溜め、いりませんからね？　このトンネルは、いつ崩れるかわからないんですから！」

「う、うん。ごめん……」

「たのもー！」

「ゴブー！」

「俺が開けたかったのにいいいいいいい！」

空気を読めないコンビが、あっさりと扉を開いて中へと入っていった。

仕方なく俺も後に続くと、アリスさんが背中を軽く叩いて慰めてくれた。

部屋の中は明るく、奥に祭壇が見える。祭壇の上には光る球体。お宝発見！

疲れも忘れ、俺たちは走って近づく。

お宝！　お宝じゃー！　ひゃっほー！　前人未踏のダンジョンを踏破したぞー！

しかし、俺たちはピタリと足を止めた。

「目の前に光る球が一つ。そして――」

「宝箱が一つ、ですね」

俺とアリスさんは冷静に状況を把握する。

「とりあえず宝箱だー！」

「ゴブゴブー！」

「待った！」

「はい」

「ゴブ」

考えなしに突っ込もうとしたポワンとゴビーを止め、歩き回りながら観察する。

この光る球がお宝なのか？　それとも宝箱か？

両方手に入れるべきなのか？　だとしたら、どっちから？　やっぱり宝箱？

俺は自分の考えを皆に伝え、相談した。アリスさんもどうやら同じことを考えていたらしく、首を捻（ひね）っている。

「光る球に触れたら脱出、ってのが早く動きたくてそわそわしているだけだった。

「では、宝箱を開けます？」

「そうするしかないよなぁ」

「罠、だったら？」

「そこなんだよ」

こんなどう見ても怪しい宝箱を開けるか？　罠が発動し、「欲深き者には死を～」的なデストラップだったらどうするよ。

なら、光る球に触れて脱出する？　こんなに頑張ったのに、何も得られないで終わるのか？

うーん……。

しばし悩んだ後、俺たちは多数決をとることにした。

「じゃあ、宝箱がいい人ー」

決をとるまでもなく、満場一致で宝箱だった。

どうせ死んだって戻るだけ。誰もがそう考えており、俺も同じ結論に至った。

「……よし、ゴビー。宝箱を開けていいぞ」

「ゴブ？」

「違う違う、どうして球を取ろうとしてんだ。宝箱を開けていいって言ったんだ」

「ゴブゴブ」

なぜかゴビーは首を横に振っている。どうやら光り物に弱いのは変わっていないらしく、興味津々だった。

だが、それならさっきの多数決で、どうしてお前は宝箱に手を挙げた！　とも思うのだが、多分なんとなくだろう。こいつはそういう奴だ。

「ゴビー、お前は運がいい。つまり十中八九、罠でもなんとかできるかもしれない。そう考えての抜擢(ばってき)だ」

「ゴビーちゃん、お願いしますね」

「じゃあ、あたしが！」

「はーい、ポワンは座ろうか。お前は絶対に失敗するタイプだ」

「そんなことないよ！」

ポワンの戯言（ざれごと）は無視し、ゴビーの背中を押す。

とても嫌そうにしていたが、ゴビーは宝箱に近づき、コンコンと叩いた。

しかし、何も起きない。こちらを向いたので後押しするために頷（うなず）くと、ゴビーは勢いよく宝箱を開けた。

「どうだ！」

「ゴブ……？」

少し離れた位置からでは、宝箱の中身は見えない。真っ暗な感じだ。

だが、宝箱を覗（のぞ）いたゴビーが突然慌ててこちらに向かって走りだした。

「ゴブッ!?　ゴブゴブッ！」

「んん？　なんで走ってるのにランニングマシンに乗っかってるみたいに進んでないんだ？」

「あの、ヴンダーさん。ゴビーちゃん、なんか引っ張られている感じがしません？」

「ひゃあああああああああ」

声を上げたポワンが宝箱へ吸い込まれていった。続いてゴビーが。

そして唖然（あぜん）としていた俺とアリスさんも宝箱へ吸い込まれた。

浮遊感、そして落下。砂の上に落ち、口に入った砂を吐き出す。

「え？　外？」

「そうみたいですね」

俺とアリスさんは、きょろきょろと周囲を見回す。

「あははっ、面白かったー！　もう一回やろうよ！」

「ゴブゴブー！」

「喜んでる場合じゃない！　お、お、お、お……」

「お？」

「お宝がああああああああ！」

俺の叫びは、周囲に響き渡った。

だが俺たちに再度ダンジョンへ入る元気はなく、明日もう一度行って、光る球を持って帰ろうということになった。

それにしても、宝箱が出口って罠すぎるだろ……。

十二話　砂漠のダンジョン　二日目　前編

次の日、俺たちは朝早くに集合した。

しかし、俺とゴビーは他の二人とは少し距離をとり、離れたところから様子を窺っている。

理由は、モーニングスターを振り回しながら笑っているアリスさんの前で、ポワンが笑顔で正座をしていたからだ。

「ゴビー、ちょっと二人に交じってこいよ」

「ゴブゴブ」

ゴビーは両手を前へ突き出し、首を横に振る。さすがのゴビーでも、あの異常な空間へ割り込むのには勇気がいるらしい。

「やぁ」

「ひぇっ⁉」

「え？」

突然肩に手を載せられて、変な声が出てしまった。

振り向くと、そこには驚いた顔をしたカイルさんがいた。

「どうかしたのかい？」

「いえ、驚いただけです。カイルさんも朝からどうしたんですか？」

「うん、西で新しいダンジョンが見つかったらしくてね。どうせならヴンダーくんたちを誘おうと思っていたら、ちょうど見かけたんだ」

「なるほど、そう……西のダンジョン？」

「変わったダンジョンらしいよ。罠がたくさんあって、点滅する床とか――」

「先を越されてるううううう！」

俺は慌ててアリスさんたちに近づいた。すぐに俺たちに気づいて、手を振っている。

だが、それどころじゃない！

「大変だ！　他の人もあのダンジョンを見つけたらしい！」

「あ、そうみたいですね。ネットに書かれていました」

「おはよう、ヴンダーとゴビー！」

「ポワン、おはよう！　いや、落ち着いて挨拶をしている場合じゃない！　急がないと！」

この際、なぜポワンが正座していたのかは置いておこう。

とにかく早く西のモニュメントへ行こうと思い、慌てて西門の方を振り向く。

だがそこには困り顔の騎士がいた。

「え、っと……一緒に行ってもいいかな？」

「カイルさん、おはようございます。よろしくお願いします」

「そう言ってもらえてよかったよ。よろしくね」

挨拶を交わし、足早に移動を開始する。

しかし、普段は騒がしい奴が妙に静かなことに気づき、不思議に思って目を向けた。

どこか夢見心地な表情で頬を紅潮させているポワンは、もじもじとしながら誰かを見ている。視線を追うと、誰を見ているのかがすぐにわかった。

顔を上げ、俯く。ポワンがそれを繰り返して見ている相手は、カイルさんだった。

なんとなく予想はついたが、俺はポワンの肩を突く。

「どうした？」

「カイルさんって、カッコいい。王子様みたい……」

「まだ紹介してなかったな。挨拶しにいこうか」

「無理無理！　無理だから！」

「いや、これから一緒にダンジョンへ行くんだぞ？」

「……きょ、今日は帰ってもいい？」

お前何しに来たんだよ、と言いたい気持ちをぐっと抑え、俺はポワンの背中を押した。

カイルさんと目が合った瞬間、ピョンッと背筋を伸ばしてポワンが飛び上がる。

しかし、カイルさんは気づいているのかいないのか、普通に笑顔を向けた。

「やぁ、僕の名前はカイル。ナイトをやっている。君も前衛かな？　よろしく頼むよ」

「ポッポポポポポポッ！」

「ポワンです」

「そうそれ！」

俺が代わりにカイルさんに名前を告げると、そう言いたかったとポワンがこちらを指差す。

頑張れと目で告げて一歩下がろうとしたが、すぐに服を掴まれた。

顔を真っ赤にし、ポワンは首を左右にぶんぶん振っている。何度か手を解こうとしたが、しっかりと握られていた。

結局どうにもならず、西のモニュメントへ辿り着くまで、俺はなぜか二人の会話に参加し、ポワンの通訳となった。

「ポワンさんはモンクなんだね」

「は、はははははは」

「はい、そうです」

「戦闘のときは僕が先に前に出るけど、いいかな？　僕のほうが防御力が高いし、引き付けられる敵の数も多いと思うんだ」

「わわわわわわ」

「わかりました」

「ゴブー……」

「言うな、俺もやりたくてやっているわけじゃない」

ゴビーからは同情するような視線を向けられたが、どうしようもないこともある。

というか、ゴビーはゴビーで通じていないであろう会話をアリスさんと楽しんでいるし、なんとなくバランスはとれているんじゃないだろうか？　……俺が大変だということを除けば。

そして西のモニュメントから少し歩き、例の場所へと到着。

しかし、カイルさんは首を傾げていた。

「ダンジョンの入口はあっちだよ？」

「え？　ここ以外にも入口があるんですか？」

「ごめん、この場所に入口があるようには見えないんだけど……」

確かに、見た目はただの砂地だ。だが、俺たちは実際にここから入ったし、他の入口があるなんて思いもしなかった。

昨日のことをカイルさんに告げると、唖然(あぜん)とされる。こんな場所から侵入できることに驚いたようだ。

「話を聞く限り同じダンジョンだとは思うけれど、パーティーが分断される可能性が高いんだよね？　それは危険じゃないかな？」

「確かにそうなんですが、他に入口があると知らなかったので……」

「ふむ、どうしようか？　恐らく、昨日ヴンダーくんたちが行かなかった道が正しい入口に通じていたんだと思うけれど、ここから入るかい？」

少し悩む。こっちから入ったほうがショートカットかもしれない、とカイルさんは言っていた。

だが、口の中は砂だらけになるし、バラバラになる可能性を考えると最善とは言えない。

結局俺は答えを出せずにいたのだが、アリスさんが手を挙げた。

「せっかくですし、正しいルートから行ってみませんか？　どうせもうたくさんの人たちが中に入ってしまっていますし、先にお宝を手に入れられるとは思いません」

「そうだよねー……じゃあ、そうしようか。カイルさんとゴビー、ポワンもそれでいいかな？」

「あぁ、構わないよ」

「ゴブッ！」

「ままままま」

「任せます、かな？　うん、全員いいみたいだし、早速行こうか！」

本来の入口ってどうなっているんだろう？

少しウキウキしながら歩いていると、カイルさんがちらりと後ろを振り向いた。

「どうしたんですか？」

「いや、ちょっとこっちのルートも興味あったなって」

「……今度、もう一回一緒に行きましょう」

「本当かい？　それは楽しみだ」

先に言ってくれればいいのに、とも思ったが、恐らく気を遣ってくれたのだろう。

厚意に甘え、俺たちはカイルさんに案内してもらい、ダンジョンの入口を目指した。


一応辿(たど)り着いたが、少し後悔している。入口にはズラーッと長い列ができており、俺たちは当然、最後尾へ並ぶことになった。

何が辛いって、とにかく暑い。汗がだらだら出る。日陰もない。ゲーム内じゃなかったら、何人も倒れているだろう。

ダンジョンに一パーティーずつ入ろう、という理由で並んでいるわけではない。中に入るために並んでいるのだ。

つまり、中はすし詰め状態。想像しただけでうんざりする。

——一時間後。

ようやく中に入ることができた。

しかし、混み合っている美術館みたく、前の人が少し進んだ分、次の人が進むという感じ。ゲームをしているとは思えない状況だった。

周囲の人たちは運営に文句を言うべく連絡しまくっているらしいから、今頃あっちは大変なことになっているだろう。

そう思っていたのだが、ある程度進むと普通に歩けるようになった。

不思議に思っていたものの、理由はすぐにわかった。

部屋の中央にある道は一本、その左右には深い穴。そして振り子のように揺れて道を阻む、いくつもの大きな鎌が目に入った。

「これ知ってる!」

「ゴブゴブ!」

「いや、ゴビーは知らんだろ!」

ビシッと手でツッコミを入れると、なぜかゴビーが照れた仕草を見せた。

前の人たちが、次々と高速の鎌に落とされていく。血が飛び散るのではと思っていたが、みんなビビッているのでバランスを崩して落ちることが多かった。……まぁもちろん、ぶった切られて消える人もいたけどね。

で、そんなこんなで俺たちの番が来てしまう。

後ろの人たちも参考にするためじっくり観察したいらしく、俺たちを急かすことがないのは救いだ。

「どうしようか」

「どうしましょうか」

「ゴブゴブー！」

カイルさん、アリスさんと相談しようとしたのだが、俺たちの横を通り過ぎて楽しそうにゴビーが突撃する。

『ゴビーが死亡しました』

俺は無言でリサモンした。

やられたことすら楽しかったのか、ゴビーがまた鎌に向かおうとしていたので抱え上げ、再度アリスさんたちと相談。

だが、一人の少女が前に進み出た。

「ここはあたしに任せてよ！」

「おぉ、名案でも？」

俺が問うと、ポワンは胸を張って頷く。

「見てて！　とやー！」

自信満々のポワンは言葉の通り、身軽な動きで鎌を突破していく。どうやらギリギリ避けて進めるらしい。一瞬でも躊躇えばおしまいだが……。

しかし、ポワンにも誤算があった。

「ポワンさん頑張って！」

「はははははい！」

「ポワン避けて！」

「え？　ふひゃー！」

カイルさんの声で後ろを振り向き、アリスさんの声で現状を理解する。

想像していた通りのマヌケなことをしたが、どうにか体勢を立て直し、ポワンは通路を突破した。

向こう側で、飛び跳ねながら手を振っている。

でもこれ、根本的な解決にはなっていないよね？

「魔法で鎌を凍らせるとかは？」

「この部屋で魔法は使えないらしいよ。リサモンは使えたみたいだけれど」

カイルさんは困った顔でそう答えてくれた。

「……カイルさんなら盾で鎌を止められるんじゃ？」

「あっさり弾かれて穴に落ちると思う。期待に添えなくてごめんね」

あれ？　これ詰んでないか？　どうにもならない感じで、頭を抱えざるを得ない。

しかし、そんな簡単に諦められるはずがない。落ち着こう。何か攻略方法があるはずだ。

室内を隈なく見る。後ろで待っている人たちも攻略法を知りたいらしく、俺たちの言動をしっかりチェックしていて、口々に考えを述べた。

「透明な隠し通路はないのかー？」

「ギロチンを止めるボタンとかは？」

「空を飛べばいいんじゃないか？」

言いたい放題である。

だが、突然アリスさんが声を上げた。

「一つ思いつきました。試していいですか？」

「どうぞどうぞ」

止める理由もないので前を譲ると、アリスさんは普通に道を真っ直ぐ歩き、そのまま通り抜けた。

俺とカイルさん、ゴビーまでもポカンと口を開ける。何が起きたのか、理解すらできなかった。

アリスさんは先ほどと同じように向こう側から歩いて戻ってきて、笑顔を見せる。

「全部の鎌の速度を計算したんですが、今のタイミングで行くと普通に歩いてでも通り抜けられるようです」

「ギリギリ避けたんじゃなくて？」

「タイミングをとろうとして、足を止めると厳しいみたいですね。ということで、私が合図をしたら疑わず、止まらず歩いてください。あ、ゴビーちゃんは私が抱っこして連れていきますね」

「……ヴンダーくん、君のパーティーってすごいね」

「俺以外はすごいみたいです……」

身体能力で突破したポワン。見ただけで鎌の速さを計算して突破したアリスさん。この二人、実

後ろで紙を出して計算を始めている人たちを尻目に、俺たちはトラップエリアを悠々と突破した。は只者じゃない気がする。

十三話　砂漠のダンジョン　二日目　後編

鎌を通り抜けた後に、アリスさんに計算について聞いてみたが、結局わからない。頭の出来が違うのだろうと思い、俺は理解することを諦めた。

そして次の部屋。どうやら最初の仕掛けを突破できた人は少ないらしく、かなり人数が減っている。

だが、この部屋には見覚えがあった。

「前に挑戦した時、僕たちのパーティーの中にも、運よくここまで辿り着いた人が数人いたんだけど、結局この部屋で全員やられちゃったんだよね」

カイルさんの言葉を聞きながら、俺は別の感想を抱いていた。

「このダンジョン、結構短いんだなぁ」

「ケンケンパの部屋だ！」

「え？　君たち何を言っているんだい？」

カイルさんに説明をすると、彼は珍しいことに渋い顔を見せた。

ショートカットしたほうがよかった、と思っているのかな？

だが、どちらから入っても、ここを突破しなければならないことには変わりない。

早速一人ずつやろうとしたところで、ストップがかかった。

止めたのはカイルさん。普段の彼とはまるで違い、眉間に深く皺を寄せていた。

何か大変な事情がある――それを俺たち全員が理解し、カイルさんが口を開くのを待った。

「……ないんだ」

「え？　あの、もう一回言ってもらえますか？　ちょっと声が小さかったので……」

「だからアリスさん。僕は……ないんだ」

カイルさんは俯いたまま小声で言うので、いまいち聞き取れない。

「え、っと？　カイルさん、もう一度――」

「僕は！　リズム感がないんだ！　このトラップをクリアできる自信がない！」

そう言って悔しそうに壁を叩く。いつもの頼りになる姿ではなく、ただ無念だと背中が告げていた。

気まずい空気が流れて沈黙が下りたのだが、それを破ったのもカイルさんだった。

「ここは一歩でも踏み間違えれば穴に落ちる、即死トラップだ。……わかったら、僕を置いて行ってくれ。このダンジョンを突破することは、僕にはドラゴンを倒すことよりも困難だ」

「そんな！　置いてなんて行けませんよ！」

「いいや、駄目だ。前に進め！　それが君たちのやるべきことだ！」

「カ、カイルさん……」

俺の言葉を強く否定したカイルさんからは、固い意志が感じられる。

「はい、カイルさんはこのロープを巻いてくださいね」

「ん？　ロープ？」

重い空気に流されるというか、シチュエーションに酔っていたのだが、アリスさんは平然とカイルさんにロープを渡した。

俺はアリスさんに先に行くように言われたので、ゴビーを抱えて突破する。

続いてアリスさんがロープの先端を掴んで、こちらへやってきた。俺は必死だったのに、あっさり突破している……。

アリスさんに渡されたロープを全員で握る。あぁ、そういうことか！

「カイルさーん！　安心して落ちてくださーい！」

「ありがたいけれど、その励ましは少し切ないものがあるよ⁉」

カイルさんは困った表情を見せ、足を踏み出すかどうかを悩んでいる。

だが、俺はアリスさんの行動に納得していた。

落ちてしまうなら、皆で引っ張り上げればいい。一人くらいならなんとでもなる。考えるまでもないことだった。

そしてついに、恐る恐るといった感じで、カイルさんが第一歩を踏み出した。

「ケェーン！　……いけた⁉」

「すぐに次の足を！」

「け、ケェーン！　あ」

自分が成功したことに驚いていたこともあり、二歩目が間に合うはずもない。握っていたロープに重みを感じた。

部屋の床が消えて、足場は一つもない。こちらがロープを掴んでいるせいで、体が振り子状態になったカイルさんは、穴の中の壁にぶつかった。

「カ、カイルさーん！　大丈夫ですか⁉」

「ちょ、ポワン放さないで⁉」

両手を口に当てて叫んだせいで、ポワンが支えていた分の重みが一気に俺たちの手にかかる。

「ゴブブブブ⁉」

「あああああ、私たちも落ちちゃいます！」

「ふぁ⁉　ごめーん！」

一波乱あったが、その後はポワンがロープを掴み直して無事にカイルさんを引き上げることができた。

しかし、完全無欠だと思っていたカイルさんにも弱点があったとは。

なら、俺に弱点が多いのもしょうがない。弱いのも全部仕方ないんだ。

一人納得していると、アリスさんが申し訳なさそうに言った。

「あの、何を考えているのか想像がつきますけど……。ヴンダーさんのそれは自分で選んだことですので、カイルさんのとは違うと思います」

「想像どころか、ドンピシャで当たっているところが怖いからやめてください！」

サマナーを選んだのも、ゴブリンを引いたのも俺自身。後悔は一つもない。

だが、仲間が増えるうちに少し考えが変わってきている。役に立ちたいと、思うようになっていた。

しかし、自分のプレイスタイルは貫きたい。だから、今のまま強くなろう。

またレベルが上がったらＬＵＫにポイントを振ろうと考えつつ、俺はあまり反省せずに頷いた。

そこから先に障害はなく、砂だらけの部屋へ辿り着く。だが砂はどけられており、前のプレイヤーたちが最後の部屋に入ったのだとわかった。

やっぱり間に合わなかったと思いつつ、中に入る。

しかし、誰の姿もなく、ちょうど宝箱がパタリと閉じられるのが見えた。

「あー、やっぱりそっちを開けるよねぇ」

「そっち？　宝箱は罠ってことかい？」

「はい、そうです。一回目は宝箱開けちゃいますよね」

俺の呟きを拾ったカイルさんの疑問に、アリスさんが答える。

そんなわりとまともな三人で話していると、両手を上げたまともじゃない二人組が走りだした。

「よーし、ゴビー！　宝箱を調べるよー！」

「ゴブー！」

「待て待て待てぃ！　本当に待て！　止まれ！　アイス！」

先日のことを全く反省していないのか、そのまま宝箱を開けかねない二人に魔法を飛ばし、足を凍らせる。こいつらは本当にもう！

だが、宝箱を調べることには賛成だ。開けなければ大丈夫なはず。

ということで、光る球を無視して宝箱の周囲を調査。

カイルさんと二人で持ち上げてみたりもしたが、特に何も見つからない。やはり開けなければいいようだ。

次に光る球を調べる。こいつがお宝かと思うと、つい顔がにやけてしまうな。

「ヴンダー悪い顔してるー」

「ゴブー」

ポワンとゴビーが宝箱に腰を下ろし、俺をジトッとした目で見ている。

「お前ら宝箱に座るな。転んで開いたりしたらどうする」

「転びませーん！」

「ゴーブー！」

……まぁ、邪魔さえしなければいいか。二人を放置し、球の周囲を調べる。

だが、やはり特に何も見つからず、俺たちは顔を見合わせた。

取るしかない。俺が頷（うなず）くと、アリスさんとカイルさんも同意して頷（うなず）いたので、ゆっくりと光る球へ手を伸ばした。

発光しているため熱いかと思ったのだが、ひんやりとした感触。奇妙な感覚がしつつ、光る球を持ち上げた。

何も、起きない……？　と思っていたのだが、突然、球から強い閃光が走った。思わず手放し、目を覆う。

そして光が収まるよりも早く、アリスさんの悲鳴が聞こえた。

「アリスさん!?」

「駄目です駄目です駄目です駄目です！　私、サソリは駄目なんです！　いやいやいやいやいやいや、やめてやめてやめてやめてやめて」

「落ち着いて、ゲームだから！」

気づけば室内にサソリが現れて、その数はドンドン増えていた。

へたり込んでいたアリスさんを立ち上がらせ、壁際へ移動。

それにしても、こんな大量にどっから現れたんだ!?

壁、天井、柱。サソリが出てきたであろう穴を探したのだが、全然見当たらない。

ただ言えることは、間違いなく数が増え続けているということだった。

「僕がサソリを引き付ける！　その間に戦闘態勢を……うわああああああああ」

格好よく俺たちの前に立ったカイルさんが、手の平サイズのサソリに纏（まと）わりつかれて倒れた。HPがゴリゴリ減っている。あの中でどうなっているのか、想像したくない。

「アリスさんヒールを！」

「無理です無理です無理です無理です」

「アリスさん！」

「ヴンダーさんはサソリをお土産(みやげ)だと、食用だからと言われて食卓に並べられたことがありますか!? ないですよね!?」

「いえ、あの、ないです」

というか、アリスさんは何を言ってるんですか……？

「なら、わからないでしょう！ 食卓にサソリを並べられた私の気持ちが！ あれからサソリは駄目なんです！ 悪いですか!?」

「す、すみませんでした」

俺の答えに満足したのか、アリスさんは屈(かが)みこんで頭を抱えるポーズに戻った。

回復役がいない。

ポワンはサソリを踏み潰(つぶ)そうと頑張っていて、ゴビーは宝箱の上で跳ねており、一人安全そうだ。

俺のヒールで間に合うか？ ……うん、無理だな。冷静に判断し、別の対処をとることにした。

「フレイム！」

炎の魔法でカイルさんを焼く。サソリが散るのと同時に、俺は素早くカイルさんに駆け寄った。

全身傷だらけかと思ったが、鎧を着ていたお蔭(かげ)だろう、傷がついているのは鎧と顔だけに見える。

そう見えたのだが……カイルさんはなぜか装備を全部外した。

「ちょ、カイルさん？」

「あらよらほいさっさー」

「え、混乱してる？　毒!?　クリアの魔法……アリスさん！」

「ごめんなさいごめんなさいごめんなさい」

「……ポワン！」

「これ！　モグラ！　叩き！　みたい！」

駄目だ、頼れる相手がいない。後は相棒のゴビーしか……ん？

足に何かが当たる。それは例の光る球だった。

サソリたちは無防備な姿で踊っているカイルさんを囲んでいて、こちらには来ない。なので、球を調べることにした。

ここに何か攻略の鍵が！　と思っていたら、球からサソリが一匹飛び出す。

「この！　この！」

ポワンが二匹のサソリを潰すと、二匹目、三匹目が出てきた。

「よいしょ！　ほいさ！　キリが！　ない！」

「……そういうことか」

サソリの数には上限があるようだが、倒すごとに出てきているらしい。つまり、倒しても減ることはない。あっ、痛い。今考えているんだから足をハサミで突かないで。

この球を壊せばサソリが出てこなくなるのではと思い、壁に叩きつける。しかし、傷一つつかなかった。

「ゴブー！　ゴブー！」

「ゴビー？　宝箱の周りが囲まれているのか！　今、助けに——それだ！」

　一つの名案が浮かび、ゴビーに指示を飛ばす。

「宝箱を開けろ！」

「ゴ、ゴブ？」

「それ！　じゃあ！　サソリ！　だけじゃ！　なくて！　あたし！　たちも！　吸い込まれ！ちゃう！」

「うひょろほぴー」

「食べられません食べられません」

戸惑うゴビー、ひたすらサソリを踏むポワン、踊るカイルさん、蹲るアリスさん……酷い光景だ。

「えぇい、今以上に悪いことなんてない！　いいから宝箱を開けろ！」

「……ゴブッ！」

納得したのか、ゴビーが宝箱の蓋を掴み、そのまま全身を使って開けた。

宝箱が開き、中にサソリたちが吸い込まれていく。

俺は迷わず振りかぶり、光る球を宝箱に投擲した。

「てやあああああああ！」

人の頭くらいの大きさで、重量もそれなりにある。だが、宝箱の吸引力があるので、真っ直ぐに飛んでいった。

　光る球はそのまま宝箱へ吸い込まれ……入ると同時に、蓋（ふた）が勝手に閉じられた。

「後は残るサソリを退治する！　アリスさん！　頼む！　一度だけでいいからクリアを使ってくれ！」

「無理です無理です無理です」

「えぇい、しっかりしてくれ！　やっとクリアを使えるときが来たんだよ!?」

「ごめんなさ……クリアを、使うときが？」

　俺が思っていた以上に使いたかったのか、アリスさんが立ち上がる。

　右手でモーニングスターを掲げ、高らかに告げた。

「クリア！　クリア！　クリア！　クリア！　クリア……」

「そんなに必要ないからね!?　それならヒールを使って！」

「……クリア！　もうＭＰがありません！　後はお任せします！　サソリは無理です！」

「助かったけど使えない！」

　だが、効果はあった。頼りになる強き騎士は我に返り、すでに鎧を着こんでいる。

「醜態（しゅうたい）を晒（さら）してしまった。だが、失敗した分は取り返す。――アトラクト！」

　周囲のサソリたちがカイルさんのスキルで引き付けられ、再び群がり始める。それじゃあまた毒にかかってしまうんじゃないですか!?

　そう思っていたのだが、カイルさんには考えがあったらしい。

「ゴビーくん！　油瓶を！」

「ゴブゴブゴブゴブー！」

手持ち全部使ってやるぜ！　と言わんばかりにゴビーが油瓶をぶん投げる。

サソリに包まれているカイルさんに当たった油瓶は、ガシャンと良い音を立てて割れた。

なるほど、やるべきことはわかった。ここで決める！

「後は、頼んだ」

「任せてください――フレイム！」

放れた炎はカイルさんに当たり、より大きな炎となる。

俺は偉大なる騎士へ、静かに敬礼した。

「カイルさん、あなたのことは忘れません」

「いや、それならヒールしてくれないかな？」

「……忘れません！」

さすがにＨＰと防御力が売り。カイルさんはギリギリ生き延びていた。

「てやっ！　とりゃっ！　おーしまいっと！」

ついでにポワンが残っていたサソリを踏み潰（つぶ）してくれたので、俺たちは無事にサソリ地獄を乗り越えた。

サソリがいなくなればもう大丈夫のようで、アリスさんがヒールをかけてくれる。

全員の回復が終わり、ようやく落ち着きを取り戻した俺たちは、いつの間にか色が変わっていた宝箱に向き合った。

「ゴブゴブ！」

「あぁ、今度こそ本物のお宝だ。やり遂げたんだ！　きっとすごいものが入ってるぞ？　聖剣とか！」

「でもそれ、ヴンダーはＳＴＲが低いから、装備できたとしても意味がないよね？」

「そういう夢がないことを言わないでくれるかな？」

空気を読まないポワンを睨みつけた後、俺は全員に確認し、宝箱をゆっくりと開いた。

また吸い込まれるのではと少し警戒したが、特に何も起こらない。

安心して中を覗くと、一枚の紙が入っていた。

「宝の地図ですかね！」

「なんて書いてあるんだい？」

「モンク装備かな！」

「ゴブゴブ！」

「……」

書いてあることを全部読み、俺は無言で紙を見せた。

嬉しそうな顔をしている一同の顔が急速に暗くなる。俺も同じ気持ちだ。

その紙には、こう書かれていた。

『テストダンジョンのクリアおめでとうございます。オープンβ時にはさらに改良を加え、レアなアイテムを実装する予定です。……今回、あなたが手に入れた宝は、このダンジョンを全員の力で突破したという経験、そして思い出といえるでしょう。今の気持ちを忘れず、大切にしてください』

俺たちは脱出する前に、あることを決めた。

このダンジョンの突破方法、そして手に入る宝について秘匿（ひとく）することだ。

それは俺たちの後に突破したプレイヤーたちも同じ考えだったらしく、宝の内容について攻略サイトや掲示板などに情報が上がることはなかった。

……やってらんねぇ！

十四話　モニュメント襲撃イベント！

この日、俺・ゴビー・アリスさん・ポワン・カイルさんの五人は準備を整え、東のモニュメントの前に立っていた。

そう、今日は初めてのモニュメント襲撃イベント。

告知の内容を見たが、無数のモンスターが襲ってくるので、守護者（ガーディアン）たちは協力し、モニュメントを守りながらこれを撃退しなければならない。

周囲には、見渡す限りのプレイヤーたち。敵がどれほど多くても負ける気がしない。そんな経験値的においしく楽しいイベントだ。

「無理せず戦おう。俺たちはカイルさん以外レベルが高くないので、モニュメント近くに陣取る。そうすれば、誰かがやられたとしてもすぐに合流できる」

俺がそう言うと、カイルさんは頷く。

「モニュメントは四つ。クローズドβテストの参加者がバランスよく分かれていたら二千五百人ずつ……とは、さすがにいかないか。ログインできていない人もいるはずだからね」

「ということは、千人ずつくらいでしょうか？」

アリスさんの言葉を聞いて、ポワンは拳を握る。

「千人倒せばいいんだね！」

「ゴブゴブ！」

「うん、違うからね？　二人は離れないようにして戦うってことを忘れないでね？」

全然話を理解していないポワンとゴビーに最低限の注意をし、アイテムをもう一度確認。せっかくのお祭りイベントなので、奮発して楽しまないとね。

油瓶も水瓶も大量にある。ゴビーにも持たせているので、連携も大丈夫だ。

スライムの杖もビヨンビヨン伸びる。相変わらず手持ち無沙汰なときには最適。

……回復アイテムは、高いんだよね。とてつもなく高い。ヒーラーの需要を増やすためなんだろうけど、オープンβになったら改善されるかなぁ。

「ゴーブゴブゴブー」

「うん、そうだなー」

なんと言ったのかはわからなかったが、返事をする。楽しそうなゴビーを見て、ふと嫌な感じを覚えた。

そういえば、これはクローズドβなんだよな。オープンβへ移行したら——

「ヴンダーくん、大変だ」

「あ、はい。どうしました？」

「あれを見てくれ」

カイルさんが指差した方向を見る。砂煙が上がっているのはわかるが、あれは何なのだろうか？

人の隙間を縫って確認すべく、少し移動しながら目を凝らす。

……そして、わかった。

「カイルさん」

「うん」

「あれ、その」

「うん……」

溜め息をつきたい気持ちを抑える。……まぁ、こういうのも悪くないだろう。

そう、千人のプレイヤーなんてすぐに蹴散らされそうな数の、モンスターの大群が向かってきているとしてもね！

見たことがあるモンスター、初めて見るモンスター。それはプレイヤーの数を遥かに超えており、あっという間に戦局は決定づけられ――なかった。

「タンク前に出ろ！　受け止めるぞ！」

ナイトと思われる人が振り向いて、プレイヤーたちに号令をかける。

「ゴブゴブー！」

「あたしもいっくよー！　……うぎゃー！」

「アタッカーはタンクが引き付けた後に攻撃しろ！　範囲攻撃はタンクのスキルに合わせるんだ！」

前に出たゴビーとポワンは、早速注意されていた。

「いやっはー！　経験値がきたぞー！」

「イベントさいこー！」

相手は大群にもかかわらず、むしろ戦況はよく、プレイヤーたちはノリノリで戦っていた。

戦いは数。そう思っていたが、相手が烏合の衆では大したことはない。

統率をとって戦っているプレイヤーと、突撃だけのＡＩとでは明確な差があった。

ポワンとゴビーも、テンションが上がりきっている。

「もう一回突撃だー！」

「ゴブー！」

「おい、あのモンクとゴブリンにヒールしろ！　……あ、やられた。あいつら何回やられてるんだ!?」

五分五分どころか、こちらが優勢。

カイルさんは敵を引き付け、俺は標的にならないギリギリの位置から魔法を放ち、アリスさんは回復をする。

火力は足りていないが、他のプレイヤーもいるお蔭で、なかなかバランスよく戦えていた。

「ヴンダーさん？　何か考えがあるのかもしれないですけど、そろそろゴビーちゃんたちを止めたほうがいいと思います」

「いや、他のプレイヤーの邪魔にならないよう、カイルさんが敵を引き付けているところに突撃させているから、あれはあれで問題ないかなって」

「あ、またやられました」

何度もやられてはモニュメントで復活し、嬉しそうに突っ込むポワン。ゴビーも楽しそうなので、HPがゼロになるたびにリサモンしていた。MPを無駄遣いしている感じもあったが、まぁいいか。

二十回ほどやられた頃だろうか。ポワンとゴビーはとてもいい笑顔でこちらに戻ってきた。

「ふー、いい汗かいたー！　ね、ゴビー！」

「ゴブゴブー！」

「そうか、それはよかった。で、どうして戻ってきたの？」

座ってMP回復をしていた俺に、二人はからりと笑った。

「全然勝てないってわかったから！　指示をちょーだい！」

「ゴーブゴブゴブー」

「って言われてもなぁ。ねぇ、アリスさん？」

「そうですよねぇ……」

指示をくれと言われても、俺たちは一軍の援護をする二軍……の補佐をする三軍……の後方で安全に戦っている四軍だ。

まず求められるのは、他の人の邪魔をしないこと。後は自分にできることをしているだけ。まぁつまり、大したことはしていなかった。

本来なら最前線で戦っているはずのカイルさんも、今はプレイヤーの壁から抜けた敵を押さえる仕事に徹している。俺たちが弱いせいで申し訳ない。

「カイルさん、違うパーティーに移っても大丈夫ですよ？」

「いや、僕はこのままでいい。これはこれで重要な役割だ。後ろが崩れないために必要なことだからね」

「ありがとうございます、お陰で俺たちのヒールも間に合うので助かっています」

「自分がやりたいことをやっているだけさ」

カイルさんはこちらに顔を向け、優しく微笑んだ。頼りになるなぁ。

で、本題に戻ろう。

突撃したくてウズウズしているポワンとゴビーに、どんな策を授ければいいのだろうか？

特にいい案などは思いつかず、二人に希望を聞いてみることにした。

「たとえば、どんなことしたいの？」

「ガンガン戦って、ガンガン倒して、ガンガン活躍したい！」

「ゴブゴブ！　ゴブゴブ？　ゴーブゴブ！」

二人は鼻息を荒くし、俺に訴えた。この真摯な思いには、俺も正直に答えねばなるまい。

「それは――無理だ」

「どうしてちょっと格好よく言ったの⁉　いや、あたしたちも活躍できるよね⁉」

「ゴ、ゴブゴブー！」

「冷静になるんだ。二人にできるのは、押されている人たちのところへ突っ込み、敵を引き付けたまま敵陣に突撃する。そしてやられることだ」

自分でもちょっとひどいことを言っていると思ったのだが、カイルさんに群がっている敵をちまちま倒せと言っても納得する二人ではない。

ポワンとゴビーは俯いたまま震えており、自分たちの実力を思い知ったようだった。わかってくれたのはよかったが、はっきり言い過ぎて少し悪い気もする。

……と思っていたら、バッと顔を上げた二人は笑顔だった。

「つまり、仲間を助ける英雄だね！　よーし、わかった！　ゴビー行くよ！　敵を引き連れて敵陣に突入だー！　かっこいー！」

「ゴッブゴブー！」

え？　お前ら何言ってるの？　と言おうとしたのだが、それよりも先に二人は駆けだしていた。

唖然としたままアリスさんに目を向けると、彼女は苦笑いを浮かべていた。

「あれでいいのかな？」

「悪いことをするわけじゃないですし、たぶん大丈夫じゃないですか？」

「そっか……」

「そろそろヒールをくれるかい？」

「はーい」

カイルさんに声をかけられ、俺たちはポワンとゴビーのことを頭の隅へ追いやり、戦闘へと戻った。


——一時間後。

戦闘はかなり長引いている。疲れが出てきて、集中力も落ちていた。

だが、プレイヤーの中には大人も多いのだろう。すぐにシフトを決めて、交代で休憩をとるようにしてくれた。大人ってすごい。

俺たちだけだったら判断がつかず、限界ギリギリまで戦っていたはずだ。

ということで俺とカイルさんとアリスさんは集合し、モニュメント近くで休憩をとる。

「カイルさん、お疲れ様です」

「いやー、敵の数が多くて終わりが見えない。精神的に辛いイベントだね」

「ですが、他の人もいることが心強いです。私だけじゃヒールもままならないですから」

アリスさんの言葉には同感だ。

たくさんのプレイヤーと一緒に行動するという、心強くて楽しい状況について語りつつ、そういえばゴビーとポワンはどうしたんだろうーと呑気に話す。

あの二人がやられたところでモニュメントへ戻ってくるだけなので、合流は難しくない。

そう気楽に考えていた時、連絡が入った。

『こちらポワン！　聞こえますかー？　どうぞー！』

「トランシーバーじゃないからね？　ちゃんと聞こえてます、どうぞー」

「どうぞー」とか、一度は言ってみたかった。そんな気持ちもあってノリノリで答えたのだが、急に連絡してくるなんて、一体どうしたのだろう？

人が多くて俺たちを見つけられないのかと思い、立ち上がったが、二人の姿は見当たらない。

『ゴビーと一緒に逃げていたら、やられずに敵陣深くに潜りこみました！　どうぞー』

「そうかそうか、救援は出せない。二次被害となるだけだ。どうぞー」

「あっさり見捨てたね」

「ヴンダーさんはそういう人です」

他にどうしようもないのに、カイルさんもアリスさんもあんまりだ。

むすっとしていたのだが、ポワンからの連絡はまだ終わっていなかった。

『モンスターが出現している魔法陣を発見しました。たくさんあります、どうぞー』

「「「……え？」」」

俺たちは顔を見合わせる。

『どうぞー』

「ちょっと待ってね？」

『はい、どうぞー』

それは待ちますよ、の「どうぞー」なのか。それとも続きを「どうぞー」なのか。

いやいや、そうじゃない。今、ポワンは珍しく大事なことを言っていた。

モンスターが出現している魔法陣を発見した、だって？

俺は真剣な表情でカイルさん、アリスさんと話し合う。

「つまり、魔法陣を破壊しないと敵が湧き続けるイベントだった？」

『はい、どうぞー』

「その可能性は高いね。モニュメントを守ることに集中してしまっていたが、それだけだとずっと終わらないいってことかな」

『はい、どうぞー』

「ではヴンダーさん、他の人とも情報を共有して――」

『はい、どうぞー』

「ポワン、ちょっとうるさいよ？　後、どの辺りにいるかを教えてくれるかな？」

『了解！　どうぞー！』

ポワンによれば、魔法陣はモニュメントから真っ直ぐ東に向かったところにあるという。距離はそこそこあって、ポワンたちは敵に見つからないよう、隠れて様子を窺っているらしい。

俺には伝手など特にないので他のプレイヤーへの連絡はカイルさんに任せ、ポワンとゴビーに、魔法陣をこっそり探して数を教えてほしいと伝えた。

『三つ目を発見しました、どうぞー』

「もう『どうぞー』はいいから、いくつあるかを早めにお願い。こっちも行動を開始しているから」

『……四つ、かなぁ？　敵にバレちゃいそうだからあまり近づけないし、これ以上はわからないよ』

「わかった。俺たちのパーティーと他の面々が隠れながら向かう。場所を把握しているのはポワンとゴビーだけだから……到着するまで見つからないように気をつけて」

『ギャー！　見つかったー！　撤退しまーす！』

「本っ当に期待を裏切らないな！」

バレるなと言った先から見つかっている。こいつはさすがだ。

俺たちはカイルさんから連絡を受けた何人かのプレイヤーと合流し、戦場を迂回して森の中を進んだ。

ポワンとゴビーはもう助からないだろう。いい奴らだった……いい奴ら、だったかなぁ？　うん、面倒なところはあるけれど、たぶんいい奴らだ。

ポワンからの連絡は途絶え、敵にちょこちょこ見つかっては小規模な戦闘を数回繰り返し、ようやく目的地近くへ辿り着いた。

木々に隠れながら魔法陣のある方を覗いているだけでわかる。

大量の敵が湧いており、そのほとんどは真っ直ぐにモニュメントへ走っていった。

だが、一部のモンスターは、何かを探している、もしくは警戒しているように魔法陣の近くをうろついている。厄介なことだ。

一体何をしているんだ？

そう思ったとき、草むらの中から栗色の髪をした何かと、緑色の小さいのが飛び出してきた。

「おーい！　ここだよー！」

「ゴブー！」

「お前ら！　お約束をやるな！」

無事だったのか、という安心よりも、声を出すな、という腹立たしさが先にくる。

当たり前だろう。だって、こんなことをすればどうなると思う？　少し考えればわかるはずだ。

実際予想通りになり、周囲にいたモンスターたちは、一斉にゴビーとポワンを振り返った。

飛び出して助けるべきか？　こっちもバレているのか？

そう逡巡(しゅんじゅん)する俺とは対照的に、すぐに飛び出した人がいた。

「敵は僕が引き付ける！　みんなは魔法陣の破壊を！　――アトラクト！」

剣を掲げ、スキルを使ったカイルさんに敵のヘイトが集まる。

他の人たちも彼に任せると決めたのだろう。敵を避け、魔法陣へと走りだした。

それを見届け、カイルさんが逆方向に走る。

俺はカイルさんの背中を追うモンスターに瓶を投げ、魔法を放った。

「アイス！」

数体の足が止まる。その隙にカイルさんに追いつき、隣へ並んだ。

「ヴンダーくん、今は魔法陣を――」

「他の人に任せます！　それに俺たちは仲間でしょ！」

「……あぁ！」

二人で笑い、走る。後方から迫る敵は数を増しており、いつまで逃げられるかはわからない。

だが、魔法陣の破壊よりも、こっちを選ぶほうが仲間として正しい。俺はそう確信していた。

逃げ切れるはずのない逃走。少しでも時間を稼がないといけない。

そんなことを考えつつ走っていたら、すぐ後ろで音がした。

慌てて振り向くと、ゴブリンが一体、こちらに飛び掛かってくる。

「ゴブー！」

「この野郎！」

杖の先をピョンッと伸ばし、鼻先に当ててやる。うまく命中し、ゴブリンは地面に落ちた。

俺もやるもんだ。ＭＰが節約できたし、ゴブリン程度ならこの方法でやり過ごそう。

追撃を警戒してちらりと振り返ると、ジトッとした目を向けるシスターが俺の後ろを走っていた。

「え？　アリスさん？　なんで一緒に来てるの!?」

「仲間だからに決まってます！　それよりも、どうしてゴビーちゃんへ攻撃したんですか！」

「……え？」

そんな、まさか。俺がゴビーを他のゴブリンと見間違える？　ははっ、あり得ないだろ。

笑いながら倒したゴブリンを見ると、ポワンが走りながら掴み上げていた。……わーお。

足の速さは俺たちの中でポワンが一番。だから、すぐに追いつき俺の隣に来る。

ポワンが抱えている腕の中には、鼻を押さえて俺に批難の目を向ける相棒の姿。

まじかよ、ゴビー？　本物じゃないか。

「あー、ゴビー？」

「ゴブッ！」

「いや、悪かった。全面的に俺が悪い。だから許してくれ」

「……ゴ、ゴブ⁉」

「どうして俺が謝ったのに驚いてるんだ⁉　いつもちゃんと謝ってるだろ⁉」

「ゴブゴブ？　ゴーブゴブゴブ」

「ははっ、ヴンダーくん、面白いけれど今は走ってくれないか？」

カイルさんに言われ、走ることへ集中する。

ゴビーは変な顔をしていたが許してくれたらしく、ポワンの腕から下りて走りだした。

だが、仲直りできても状況が改善したわけではない。どうせなら無事に生還したいが、何かいい方法はないものか……。

「ねぇねぇ！」

「ああ、ポワン。今、考えてるから」

「で、でもさ、そっちは……」

「わかってるって、どうせなら全員無事に帰りたい」

「ヴンダーさん！」

ん？　どうしてポワンとアリスさんの声が遠くなっているんだ？

不思議に思って周囲を見回し、理解した。俺だけみんなと別の方向へ走っていることに。

慌てて戻ろうとしたのだが、すでに遅い。敵の三分の一は標的を俺に定めたらしく、みんなのところに戻るのは無理なようだ。

……いや、これでいい。

敵の戦力を分散できて、俺が三分の一を引き付けている。ならば、このまま逃げるだけだ！

みんなから距離をとろうと、ひたすら走り続ける。

だが敵の中には俊敏な奴もおり、一匹のウルフが俺の足に嚙みつこうとしていた。

「アイス！」

ウルフを凍らせることに成功。しかし、二匹目までは対応しきれない。

えぇい、どうせ即死はしない！　嚙みつかれたまま走ってやらぁ！

覚悟を決め、二匹目を無視する。

だがその時、ウルフの頭に斧を叩きつけた奴がいた。

「ゴーブー！」

「ゴビー!?」

「ゴブッ、ゴブゴブ！」

「りょ、了解！」

手を大きく振っているのを見て、一瞬止めた足を再度進める。

ゴビーが助けに来てくれた。それが素直に嬉しく、思わず笑みが浮かぶ。

魔法を放ち、時にはゴビーが撃退し、二人で走る。俺たちも案外強くなったもんだ。ゴビーを見ると、にんまりと怖い笑みを浮かべていた。

しかし、いつまでも順調というわけにはいかない。

俺たちが辿(たど)り着いた先は――崖だった。

なるほど、ポワンはこのことを知っていたから、俺を止めたんだ。考え事なんてせず、話をちゃんと聞くべきだった。

やっちまったなーと反省する。だが、やっちまったものはしょうがない。すでに敵に取り囲まれており、逃げ場といえば一つだけだ。

「はぁ……ゴビー。映画ではこういうシーンがよくあるんだ。どうするかわかるか？」

「ゴブ？」

「一つは最後まで戦う。もう一つは……」

返事も待たず、俺はゴビーを抱えて崖に向かって駆けだした。

「崖下の川に飛び込むんだよ！」

「ゴブウウウウウウウウウ⁉」

水の流れる音は聞こえていた。だが、川まで距離があって水面に届かなければ、地面に落ちて潰(つぶ)

れる。もしくは浅瀬でも大怪我……するはずがない。ゲームなんだから、落下ダメージで即死ってとこか。

しかし、辛うじて運は残っていたのだろう。俺たちは川の水の中へと落ちることができた。

こういうときは、大抵濁流だ。そのお約束は守られているようで、俺はゴビーを抱えたまま動くことができない。たまに顔を出し、わずかに息を吸うだけで精一杯だった。

「ゴブッゴブッ」

「ぶほっげぶべっ」

ゲームなのに、水の中で息が苦しいってどうなんだろうか？　そこまで再現しないでくれよと思ったが、流れている丸太を見つけ、うまいこと掴まることができた。

まずはゴビーを……と思い、丸太の上へ乗せる。最初はぐったりしていたが、すぐに起き上がって楽しそうにしていた。

ゴビーにとっては、ミニゲームの川下り的な感じなのだろう。なら、俺も楽しむことにするか！

「よーし、ゴビー船長！　我々はこのまま川に沿って脱出いたします！」

「ゴブゴブ！」

「はい、了解しました！　進路を……すまん、もう遊びは終わりだ」

額に手を当て、溜め息をつく。ゴビーは状況をわかっていないらしく首を傾げていた。

静かに、指を流れの先へ向ける。

それを見て理解したのだろう、ゴビーは驚いて目をパチクリさせていた。

「あれはな、滝って言う。ちなみにこれも映画の定番だ」

「ゴブー……」

「残念無念、俺たちの冒険はここで終わってしまった！」

ポーンと丸太が飛び出し、俺たちの体も放り出される。

下を見るのは怖いので目を閉じ、早く復活できるといいなぁと、願いながら落ちていった。

◇　◇　◇

「ゴブッ、ゴブーゴブー！」

「ゴ、ビー？」

声に気づき、起き上がる。川の中にいたはずなのに、俺は岸に上げられていた。

運よく助かったらしい。ほっと息をついて、伸びをする。

ここは……あのでかい狼と魚を食った場所だなぁ。

ゴビーが飛び跳ねながら指差しているので目を向けてみると、さっと何かが森の中に姿を消していくのが見えた。

もふもふの尻尾。あれはもしかして……。

違うかもしれない。でも、そうだったら嬉しい。

立ち上がって、歩きだす。ここから東のモニュメントまではそう遠くない。イベントは終わってしまっているかもしれないが、仲間のもとへ戻るとしよう。

バタバタしたイベントだったが、終わりよければ全てよし。

そんな気持ちでモニュメントに帰り着いたのだが、そこにはへこんでいる三人の仲間たちがいた。

話を聞くに、カイルさん、ポワン、アリスさんは、大量の魔物に囲まれ当然のごとくやられたらしい。

……まぁこんなもんか。俺とゴビーの二人だけでも無事であったことを喜んでくれ。

こうして、俺たちのイベントは終了した。

また、あの狼に会う日がくるかな？　……なんとなくだが、きっとある。そう思った。

十五話　ごぶりんそぉーど！

それは、ある日のことだった。

「ゴブー！　ゴブゴブゴーブゴブ！」

「おめでとー」

「おめでとうございます」

「やったね！」

「おめでとう」

俺、アリスさん、ポワン、カイルさんに祝われて照れくさそうにしているのは、ゴビー。レベルが10になり、ついにスキルを手に入れたのだ。

……いや、待ってほしい。アリスさんは先に10になっていたが、俺はゴビーと一緒にレベル10になった。なのに祝われるのはゴビーだけ？　というか、俺もゴビーを祝っている？

何かおかしくない？

少し疑問に思ったが、ゴビーが嬉しそうなので、まあいいか。

「それで、ゴビーちゃんはどんなスキルを覚えたんですか？」

「うん、見てみるに……【ゴブリンソード】っていうスキルみたいだね」

「ゴブゴーブ……」

聞いたゴビーはうっとりとしている。きっと成長したという感動を噛み締めているのだろう。

早速試してみようということになり、カイルさんがスライムを一匹釣ってきてくれた。

「このパーティーは居心地がいいんだ」と言っていたカイルさんは、気づけば共に行動するようになっていた。俺たちとしては大助かりだし、カイルさん自身も喜んでいるからいいだろう。

スライムを引き付けながら、カイルさんがにっこり笑う。

「ゴビーくん、どうぞ」

「ゴオオオオオブウウウウ」

ゴビーが気合を入れ始める。

ドキドキしながら見ていたのだが、ゴビーは突然、慌てだして俺を見た。

「どうした？」

「ゴ、ゴブ」

ゴビーは俺の袖（そで）を引っ張って、みんなから離れる。二人だけになり、改めて話を聞くことになった。

みんなに内緒で話をしたかった？　どうして内緒なんだろう？

不思議に思いつつも、ひとまず話を聞いてみる。

「ゴーブゴブ」

「ふんふん、わからん」

「ゴ、ゴブゴブゴーブゴブ！」

「ゴブー」

「なるほどなるほど、全然わからん」

「うーん」

いつもはなんとなくわかるのだが、今日に限ってはさっぱりわからない。

なので、一つずつ整理していくことにした。

まずはゴビーがスキルを使わなかった理由。恐らくここに問題の根本があるのだろう。

だが、どうして俺だけを連れ出した？　……やっぱりわからない。

「なぁゴビー、どうしてみんなから離れたんだ？」

「ゴブゴブブゴーブ」

ゴビーは何度か手を振り、俯（うつむ）くことを繰り返している。

真似をすればわかるかもしれないと思い、一緒に同じことをしてみた。

「ゴブーゴブゴーブ」

「ごぶーごぶごーぶ」

「ゴブッ！」

「ごぶっ！」

「「……」」

全然わからなかった。

しかし、それで何かに気づいた人がいた。アリスさんだ。

こちらにトテトテと近づいてきたピンク服のシスターは、小声で話し始めた。

「もしかして、スキルの使い方がわからないんじゃないですか？」

「そうなの？」

「ゴブゴブ」

頷（うなず）いているし、それについてはわかった。

だが、まだわからないことがある。

「……でも、それを俺に伝えるためにみんなから離れる必要はないんじゃ」

「ゴ、ゴブゴブ」

「……もしかして、恥ずかしかったんじゃないですか？」

「え?」

「ゴブー」

恥ずかしい? こいつが? 驚いてゴビーを見ると、顔を隠して体を振っていた。
ゴ、ゴビーが恥ずかしい!? そんな一端(いっぱし)の感情が!? まるで人間のようじゃないか!
……と思ったが、こいつは日々成長しているし、そういった感情が芽生えてもおかしくはない。

このゲーム、AIの性能がすごいなぁと感心し、ゴビーにスキルの使い方を教える。

なんとなく理解してくれた気がしたので、俺たちはカイルさんとポワンのもとへ戻った。

「あ、あのカイルさん。趣味はなんですか!」

「今はこのゲームかな?」

「奇遇ですね! あたしもそうです!」

もしポワンに尻尾があったら、ちぎれそうなほど振っているだろう。そんな幻視をし、近づくことを躊躇(ためら)った。

ポワンはカイルさんと出会った当初よりもスムーズに話をしており、邪魔をしにくい。

ネットゲームでパーティーが解散する大半は女性問題なのだが、ポワンのプレイヤーが女性と仮定した場合、これはよろしくないんじゃ?

だが、割り込めるほどの経験や話術はなく、見守るしかない。どうしたものか……。

「ポワンさん、話はこの辺にしておこう。ゴビーくんの準備が終わったみたいだ」

「え、あ、はい!」

まだポワンは話したそうにしていたが、さらりと会話を終わらせる。

カイルさんはこちらに少しだけ困ったような目を向けた後、小さく頭を下げた。

そういう気はないよ、といった感じで、カイルさんは俺の心配を察してくれたのだろう。こういうスキルを、俺もいつか身につけられるのだろうか？

未来を想像し、無理そうだなぁと思っていたら、アリスさんが話しかけてきた。

「大丈夫ですよ。ポワンは憧れているだけで、恋愛感情があるわけじゃないです」

「わかるの？」

「わかります。同じ女ですから。私こう見えても――」

「はい、その話はここまでにしておこう。絶対何かリアルのこと口走るでしょ？」

「……うぅっ、その通りです」

言ってはいけないことを言いそうだったのだろう、アリスさんはしょげながら口を噤んだ。

それにしても、憧れか。俺もカイルさんの落ち着いた雰囲気や振る舞いは尊敬するし、ポワンもそんな感じなのかな？

っと、自分で話は終わりにしようって言ったんだった。

気持ちを入れ替え、ゴビーの背中を押す。ちなみにカイルさんはスライムに叩かれながら話をしていたので、ちょっとだけ面白かった。

「では、ゴビー！　いってみようか！」

「ゴオオオオオブウウウウウウ――ゴブッ！」

ゴビーの手に現れたのは、一見すると玩具みたいなショートソード。

これがゴブリンソードか……。どう使うのだろう？

そう思いつつ見ていたのだが、ゴビーは迷わずそれを投擲した。

スライムに命中し、わずかにＨＰを削った後、剣がポンッと消える。

「ゴビーすっごーい！」

「ゴブー！」

はしゃいでいるポワンとゴビーのことは置いておき、俺とアリスさん、カイルさんで考察を始める。

「遠距離攻撃？」

「威力は低めですね」

「ＭＰ消費は？」

威力は低い。射程距離はわからないが遠距離攻撃。命中率はステータス依存か？　ついでに、ＭＰ消費はなし。……ＭＰ消費なし？

もう一度、ゴビーのステータスを確認する。だが、ＭＰが減っている感じはない。スキルを使ってからあまり時間が経っていないので、回復したわけでもないだろう。それとも、消費1とか？

「ゴビー、もう一回使ってくれるか？　消費ＭＰが少ないのか、全くないのかが知りたい」

「ゴブゴブ」

なぜか首を横へ振っている。

「いや、もう一回使ってほしいんだよ。性能を知っておきたいからな」

「ゴブゴブ」

「……？」

どうしてゴビーは拒否するんだ？　スキルの使い方はわかったのだし、なんの問題もないはず。

少し理由を考えた後、まさかと思いゴビーのスキルを確認。そして驚愕した。

「CTがある、だと……」

「CTって、病院にあるやつですか？」

「あたしそれ知ってるー！」

わかっていないアリスさんとポワンに、カイルさんは解説してくれる。

「いや、この場合のCTっていうのは、クールタイムのことだね。一度スキルを使ってから、再使用までに時間を置かないといけないんだ。……で、どのくらい？」

俺は無言のまま、一本の指を立てる。

アリスさんとポワンは「一秒？」とか「十秒？」と言っていたが、そうじゃないことを察したカイルさんは、苦笑いを浮かべた。

「この威力で一分かぁ」

「使うのは難しそうですね」

「う、うーん。使う場面がかなり限定されそうだね」

肩を落とした俺に、アリスさんとカイルさんは困ったような表情でそう言った。

ゴミスキル、と言わないところに優しさがある。

俺たち三人は気まずい空気になり、わかってなさそうなゴビーとポワンは喜んでいた。

だがその時、ポンッとカイルさんが手の平を打つ。何か思いついたようだ。

「そういえば、召喚獣のスキルはサマナーの能力と密接に関係しているらしい。つまり、ヴンダーくんが成長したら、使い勝手がよくなるのかもしれない」

「なるほど、きっとそうですね！　やったなゴビー！　ぶっちゃけ俺は使えなくてもいいんだが、使えるようになるかもしれないぞ！　最高のスキルだ！」

「ゴブゴーブー」

へこまれても困るため、みんなでゴビーを盛り上げる。どうやらうまく勘違いしてくれたらしく、ゴビーはまた変な顔で照れていた。

上機嫌になったゴビーは、ＣＴが終わるたびにゴブリンソードを使っている。敵がいようがいまいが、お構いなしだ。

気に入っているみたいだし、いいかな。そういうことにしておこう。

俺が成長し、いつか使えるスキルになれば解決する話だ。

……問題は、いつまでゴビーを誤魔化(ごまか)せるか、だな。

そう長くはないだろうと思うと、俺は複雑な顔になった。

十六話　ダウジング強化に幸運のお守り

この日、俺はゴビーと二人でダウジングの効果を上げる方法を考えていた。

「やっぱりダウザーとしての能力を上げるために、暇な時間はダウジングに費やすというのはどうだろう」

「ゴブゴブ」

頷いている。なら、この方法からやってみようと思い、町を歩き始めた。

適当に食べ物や飲み物を買い、たまに立ち止まってダウジングをする。なんの反応もなければまた歩き、適当に食べ物や飲み物を……。

有意義な時間だと思っていたのだが、気づけばお金がゴリゴリ減っていた。

「ゴビー、この方法は駄目だ。財布に打撃しかない」

「ゴーブー」

「何その、もうちょっといいじゃないっすかーみたいな言い方と顔。駄目だって！　金が減るだけで成果がなければ意味がない！」

「ゴブー」

完全にただの食べ歩きと化していたことを反省し、ダウジングに集中する。

しかし、結果は芳しくない。

そもそもダウジング能力とはなんだろうか？　そんなもの本当にあるのか？　と、よろしくない方向に思考が傾いていく。

だが、ダウジングで楽に儲けたい。その気持ちを捨てられず、ダウジングを続けた。

なのに反応はない。さすがに頭を抱え、一つの結論を出した。

「……わかった。これ、壊れてるんだ。よし、ゴビーやってみろよ。反応しなかったら壊れてるってことで」

「ゴブゴブ」

ペンダントを渡し、道具のせいだと悪態をつく。

しかし、ゴビーが持つとすぐにペンダントが弱い反応を示した。

驚いて目を見開いている俺の前で、ゴビーはてくてくと進み、建物の壁際で何かを拾って戻ってくる。手にあったのは一枚の金貨だった。

「……」

「ゴーブゴブゴブーゴッゴブー！」

「……」

とても嬉しそうにしているが、俺は複雑な心境だ。薄々気づいてはいたけれど、やはりそういうことなのか……？

今まで相棒として、友として、仲間として接してきた。だがそれでもなお、自分はこいつの主であり、導き手でなくてはいけない。そう思っていた。

だが、今は違う。どうやら俺は、ダウジング能力という一点で、完全にゴビーに劣っているらしい。

しかし、そんなことが許せるか？　認められるか？　……できるはずがない。

俺は立ち上がり、ゴビーに指を突きつけた。

「よぉーし！　どっちが上か教えてやる！　これから一時間！　別々に行動してダウジングをする！　成果が大きかったほうが先生だ！　いいな！」

「ゴ、ゴブ？」

勝負を申し込んだが、うまく伝わっていない。俺は屈（かが）み、ゴビーに説明した。

「……えっとね？　バラけてダウジングをして、いい物を拾ってきたほうが勝ち。わかった？」

「ゴブゴブ！」

ふんすっとゴビーが鼻を鳴らす。理解したらしく、やる気も充分なようだ。

ペンダントはゴビーに渡したままにして、俺はスライムの杖を握る。

負けられない戦いがここにある……！


——一時間後。

「先生、やはり道具の改良が必要ではないでしょうか？　プレイヤーには見えない数値が設定してあり、熟練度が成長しているのかもしれませんが、道具を変えたほうが手っ取り早いと思います」

「ゴブ」

「はい、ありがとうございます。では、改良する方向で考えていきましょう」

何一つ見つけられなかった俺は、そこそこアイテムなどを拾ってきた先生(ゴビー)の前で正座し、軽く頭を下げた。

ゴビーも自分が師匠だと言わんばかりに、眉間に皺(しわ)を寄せ重々しく頷(うなず)いている。……悔(くや)しい。

「あの、何をしているんですか？」

「ゴブッ！」

「あ、はい。こんにちは」

突如現れたアリスさんは、俺たちを見て首を傾げている。

一つ咳払いをし、俺は彼女に告げた。

「今はこちらにいらっしゃいますゴビー先生に、ご教授いただいている次第です」

「ゴブッ」

「……なるほど、わかりました。また変なことを始めたんですね」

「へ、変なことではありません。ダウジングの師匠として認めたからこそ師事しているのです」

「あぁ、確かにゴビーちゃんのほうがダウジング得意ですもんね」

「ぐはっ」

アリスさんの言葉がクリティカルヒットし、胸を押さえて倒れる。事実をそのまま伝えられることがこんなに辛いとは思わなかった。

しかし、めげるわけにはいかない。素晴らしきダウザー生活のため、俺はこんなところで挫けるわけにはいかないんだ！

切なさで胸が張り裂けそうになりながらも、俺は先生に頭を下げた。

「では、改良案を考えたいと思います」

「ゴブ」

「改良、ですか？」

アリスさんは首を傾げているが、先生は自信満々に告げる。

「ゴブゴブ」

「えーっと？」

「こほん、先生はこう仰ってます。足りない技術は道具で補えばいい！　と」

「絶対言ってないですよね!?」

そりゃ本当にそう言ったかどうかはわからない。だが、ゴビーが……先生が頷いているから正しいのだ。

改めてそう伝えると、アリスさんは苦笑いを浮かべていた。

……そして、俺たちのダウジングアイテム強化・改良議論が始まった。

「先生、剣をつけるのはどうでしょうか」

「ゴブ」

「あの、剣とダウジングに関係があるんですか？　後、重そうです」

「先生、やはり地中にある可能性も考慮し、ドリルでダウジングしたほうが効率的かと」

「ゴブ」

「ドリルは必要になったらアイテムストレージから出せばいいですよね⁉　そもそも、ドリルなんてあるんですか⁉」

――といった感じで、話し合いは遅々として進んでいなかった。主にアリスさんのせ……。

「私のせいじゃないですからね⁉」

……アリスさんのせいで。心を読むとか、本当に怖い。

そろそろ手詰まりかなぁと思っていたときだ。なぜか不服そうな顔をしているアリスさんが、ポケットから何かを取り出した。

十字架だ。シスターといえばこれって感じのやつを受け取り、彼女を見た。

「ダウジングって、運の要素も大きいですよね？　ですから、幸運のお守りとかを使うほうがいいんじゃないでしょうか？」

「なるほど、だから十字架か。先生！　いかがでしょう！」

「ゴブ」

「お許しが出た。では、これより幸運のお守りを集める作業へ入ります」

「……面白いからいいですけどね」

アリスさんは若干諦めた口調だったが、納得してくれたようでなによりだ。

ということで俺たちが最初に向かったのは、これでもかと言わんばかりに俺たちへ連絡を寄越し続けていた相手のところだった。

　辿り着くと、体育座りで膝を抱えている姿が見える。目が虚ろになっているチャイナ服の少女に近づき、目の前でひらひらと手を振ってみた。

「……反応がないですね」

「し、死んでる！」

「ゴブー!?」

「死んでませんからね!?」

　目の前で茶番を繰り広げても反応がない。もしかして目を開けたまま寝ているのだろうか？

　どうしようかと思ったのだが、膝を抱えながらボソボソと何かを呟いているのに気づく。しかし、聞いたらいけない予感がした。

「ヴンダーさん、あの……」

「どうぞどうぞ」

「ゴブゴブ」

「すぐ私に丸投げしましたね……ポワン？」

　顔を近づけて話しかけたアリスさんの体が、ビクリと跳ねる。

　不思議に思っていると、アリスさんは俺とゴビーを糾弾した。

「ど、どうしてこんなに追い詰めちゃったんですか!?」

「え？　追い詰めてないよ？　ちょっと忙しかったから連絡を返さなかっただけ。ねぇ、先生。そうですよね？」

「ゴブ」

「え、それだけですか？　でもポワンはしきりに『捨てられた捨てられた捨てられた捨てられた』って言っていますよ？」

「なにそれ本当にこわい」

まさかそんなと思いつつ、耳を近づけてみる。ゴビーも同じように顔を寄せ、耳に手を当てていた。

「捨てられた捨てられた捨てられた捨てられた……」

俺とゴビーは無言でポワンから離れた。

なんとなく空を眺めたくなり、仰ぎ見る。

今日もいい天気だ。白い雲が流れ、穏やかな風が吹いている。日差しも温かく、いい一日になりそうだ。

ゆっくりと足を前に出す。一歩、二歩。進み始めれば止まることはなく、この先に何が待ってるんだろうと——

「はい、逃げようとしないでください」

あっさり捕まった。

どうやらゴビーも隣で同じことをやっていたらしく、首根っこを掴まれている。こいつと一番長く一緒にいるのが俺だから、段々似てきているのかもなぁ。

……などと言いつつ誤魔化していたのだが、「早くポワンをなんとかしてください！」と怒られてしまった。

多少は俺にも責任があるかもしれない。そういう思いから、俺はポワンに近づいた。

「なぁポワン」

「返事がない返事がない返事がない返事がない」

「カイルさんが、『ポワンさんは明るくて元気な子だね』って言ってたよ」

「あたしは明るくて元気なのが取り柄だよ！　よーし！　やる気出てきた！　今日は何をする!?」

ふっ、ちょろいぜ。アリスさんへにやりと笑ったのだが、「えぇ……」と言われてしまった。

正気に戻ったポワンを仲間にし、運の上がりそうなアイテムについて話し始める。

「そりゃ四つ葉のクローバーだよね！」

「ふむふむ」

「ゴブゴブ」

「蛇の抜け殻とかはどうですか？」

「そうだね、四つ葉のクローバーは定番だ。ポワンも女の子だなー」

「今、どうして私の意見を流したんですか!?」

ほぼ全員の意見が一致したので、アリスさんに胸をポカポカと叩かれた後、東のモニュメントに移動した。

目指すは、ポワンがお気に入りだという花畑だ。アリスさんも知っていて、結構な人気スポットらしい。

花を見るのが好きか嫌いかという話ではなく、絶叫スポットやスリルを感じる場所のほうが面白いと思う。なぜ花畑が人気スポットなのだろうか？　不思議に思いつつ、ポワンに連れられて向かった。

そこは森の中にある開けた場所で、色とりどりの花が咲いており、男の俺でも綺麗だなと感じた。

しかし……。

「うわぁ……」

そう声を出さざるを得ない。花畑のあちこちに二人組で座っている人の姿が見える。片方は男、もう片方は女。つまり、ここはデートスポットなのだ。

場違いだと理解し辟易（へきえき）としていると、冒険途中に通りすがったらしい男たちが、俺を見て舌打ちした。

「ちっ」

「死ね」

ひどい言われようだ。最初は俺以外に言っているのかと思ったが、誰もが俺をちらりと見ては悪態をつく。さらには、一人で花を見に来ているであろう女性ですら、俺への嫌悪感を露（あらわ）にしていた。

明らかにおかしいのだが、なんだか悪いことをしている気になってくる。

居心地の悪さを感じていると、アリスさんに声をかけられた。

「ヴンダーさん、あっちのほうが探しやすそうですよ」

「あ、うん」

「ほらほら！　ヴンダー早く！」

「わかったからポワン、手を引っ張るなって」

二人に両腕を引っ張られて進む中、背筋がぞわりとして顔だけ向ける。そこには俺を睨みつける数人の男の姿があった。

攻撃をしてきそう、という感じではない。彼らは妬ましげに、俺へ鋭い視線をぶつけている。

理由がわからない俺は、その恐怖から逃げるために早足で立ち去った。


そして俺たちは四つ葉のクローバーを探し始める。周囲には花輪を作っているプレイヤーもいて、どことなく和む空間だった。

「ゴブー！」

「ん？　いや、それは五つ葉のクローバーだな。探しているのは四つ葉だ。……五つ葉⁉　なにそれレアい」

こいつ本当についてるなーと思いつつ、五つ葉のクローバーもアイテムストレージに入れる。もしかしたらレア採集クエストなどが出て、これを納品することもあるかもしれない。

しかし、四つ葉というのはなかなか見つからない。ゴソゴソと四人で探していると、ゴビーがまた跳び上がった。

「ゴブー！　ゴブゴブ！」

「今度はどうした？　……いや、テントウムシはいらんから！　というか、テントウムシとかこのゲームになんでいるんだよ！」

星は七つ。ナナホシテントウってところが、また幸運を感じさせる。おかしい、俺だってステータスはＬＵＫに振っているはずなのに、どうしてゴビーばかりが。

……もしかして俺の幸運、吸われてる？　そんなことないよね？　いや、むしろそれはそれでいいのか？

苦悩しつつ四つ葉のクローバーを探すこと数分。さっぱり成果は出ていない。

昔、何かで読んだことがある。四つ葉のクローバーを見つけられる確率は十万分の一と言われているらしい。

こりゃ見つからないかもしれないなぁと思っていたのだが、二人が同時に声を上げた。

「ありました！」

「あったー！」

「……えっ」

アリスさんとポワンは四つ葉のクローバーを手にし、喜びはしゃいでいる。そんな簡単に見つけてしまうとか、どういうことなの。

釈然としない気持ちを抱き、ゴビーに目を向ける。

「なぁ、そんな簡単に見つかるものじゃ――」

「ゴブゴーブ」

「どうして三つも持ってるんだよ！　おかしいだろ⁉　……えぇい、決めた！　俺も絶対に一つは見つけてやる！」

他の三人があっさり見つけたのだ。俺だって一つくらい見つけられるはず！

そう思い、気合を入れて探したのだが……。


「ヴンダーさん、今日はこの辺にしておきませんか？」

「まだだ！　まだ見つけてない！」

「でもそろそろあたしは落ちるよー？」

「花冠を作るのは飽きたってか？　落ちたければ落ちろ！　俺は探す」

さらに二時間が経過し、アリスさんとポワンにそう声をかけられたが、どうしても譲れない。

二人が困っていることには気づいているものの、わがままで子供じみた意地を張ってしまう。

情けなさと意地とが俺の中でぶつかり合っていると、うまく吹けていない口笛を鳴らしながら、ゴビーがさりげなく――と本人は思っているのだろう――何かを置いた。

たったそれだけのことだ。たったそれだけなのに、頑なになっていた自分がどうしようもない奴に感じられた。

だから、さも今気づいたかのように言う。

「あー！　四つ葉のクローバーだ！　やった！　見つけた！　ありがとう、みんな！」

「よかったですね、ヴンダーさん！」

「やったー！　これで全員見つけられたね！」

目的は達成したと、みんなにお礼を告げ、モニュメントに戻る。

今日は結局クローバー探ししかしておらず、自分の都合にみんなを付き合わせてしまった。

アリスさんとポワンが落ちたのを確認し、ゴビーの前に座る。ヤンキー座りだ。

俺はゴビーの頭へ手を載せて、素直に伝えた。

「ありがとな」

「ゴ、ゴブー？」

え、なんのことー？　って感じで、ゴビーはたどたどしく口笛を吹く。

その姿すらも愛らしく感じ、俺は笑った。なぜかはわかっていないのだろう、不思議そうにしてはいたが、ゴビーも笑う。

俺はそれから小一時間ゴビーと話をし、ログアウトした。

こんな時間がずっと続けばいいなー。

十七話　クローズドβ最後のイベント、そして別れ　前編

ここ数日、【ユグドラシル・ミリオン】は荒れていた。

運営が発表した、『オープンβへのデータ引継ぎはなく、全てにおいてリセットされます』という告知のせいだ。

俺も当然のごとく抗議文を送った。……いや、抗議というには弱いかもしれない。

『サマナーの相棒である召喚獣との間に培（つちか）ったものが消えてしまうのは辛いです。どうにかして召喚獣の記憶は残してもらえませんか？』

――といったものだ。

……だが、いまだに返信はない。

クローズドβテストの終了まで残り三日。心は晴れず、暗雲ばかりが立ちこめていた。


「ゴッブー！」

「おっはよー」

挨拶を返すが、相も変わらず元気なゴビーを見て胸が痛む。

レベルや装備なんてものはリセットされたっていい。

でも、一緒に過ごした時間が消えてしまう。それはとても辛く、想像するだけで堪（た）えがたかった。

どうにもやる気が出ず、意気消沈している。

ゴビーもそれをなんとなく理解しているのか、座っている俺の背中を撫（な）でてくれた。

後三日間、楽しい思い出を作ってやりたい。そう思う反面、消えてしまうなら意味がないのでは？　と考えてしまうのだ。

残るのは俺の記憶だけ。ゴビーには何も残らない。……駄目だ、どうしても気持ちが立て直せない。溜め息をつくと、ゴビーが悲しそうな顔を見せた。

「困ったなぁ」

「ゴブゴブ」

「だよなぁ」

「ゴブー」

今度は二人で溜め息をつく。いい案はないかと頭を抱えていると、不意に肩を叩かれる。顔を上げたら、そこにはカイルさんがいた。

「やぁ、おはよう」

「おはようございます」

「ゴッブゴブー」

俺の隣に腰かけた彼は、笑顔で話し始めた。

「知ってるかい？　今日から謎のモンスター討伐イベントが始まるらしいよ」

「あぁ、書いてありましたね。前回の東西南北に現れたモンスターを討伐するクエストと同じやつでしたっけ？」

「『東西南北に謎のモンスターが現れた。この問題を解決してほしい』だったから、恐らく同じイベントだろう」

「へー……」

「ゴブー……」

あまり興味が湧かず、気の抜けた返事をする。ぼんやりと、あのでっかい狼がまた狙われるのか、ちょっと嫌だなぁ、と思った。

顔の前でひらひらと手が振られる。目を向けると、アリスさんが苦笑いを浮かべていた。

「口を開いたままだと虫が入っちゃいますよ？」

「でも世の中には食べられる虫も――」

「この話はやめましょう」

ピシャリと止められる。まぁ、女の子が虫を食べる話なんてしたくないよな。俺だって好んで食べたいとは思わない。

イナゴの佃煮(つくだに)、というものを食べたことがある。だが、あれも食べたかったからではなく、食べないと負けた気がするから食べた。つまらないプライドで口にしたのだが、わりと美味しかった。

「イナゴの佃煮(つくだに)とかあたし好き！」

いつの間にかいたポワンが手を上げてそう言った。

「そうかそうか。世界の珍味を食べ歩いてレポートを提出してくれ」

「旅費が足りないなー」

お前にとって問題はそこだけか、と目で訴えた。

アリスさんは引きつった顔をし、カイルさんも困っている。ただ、ポワンだけは旅費の捻出方法を真剣に考えていた。こいつが一番長生きしそうだ。

ポワンを見ていると、悩んでいる自分がアホらしくなってくる。もちろん、いい意味でだ。

気持ちを少しだけ切り替えられたので、今一番の話題を振ってみた。

「オープンβからは行ける場所が増えて、スキルなども見直されるって話だよな？」

「スキルはレベルが7上がるごとに習得できていましたが、中途半端だから5ずつにしてくれという意見が多かったらしく、オープンβからは5レベル上がるたびに覚えられるようです」

アリスさんの言葉に、カイルさんも続く。

「ダンジョンについても今回はお試しということで短くなっていたけど、階層が増えたり一フロアが広がったりするらしいね」

「へー……」

楽しかったなぁ、とゴビーとの思い出を振り返ってしまう。

まだ終わっていないのに、すでに終わったかのように感じてしまっている自分が嫌だった。

頭を何度も振り、立ち上がる。それでもまだ奮い立つには足りず、両手で頬を叩いた。

「よーし、今日は何をしようか！」

「討伐クエストですよね？　東のモニュメントへ向かいますか？」

「他の場所を見に行くのもいいかもしれないね」

「行くぞーゴビー！」

「ゴブー！」

アリスさんとカイルさんの言葉を一切聞かず、すでに東門に走りだしているゴビーとポワン。

俺たちは若干呆れつつ、二人の後を追うことにした。

東のモニュメントに辿り着いたが、思っていた以上に人が少なかった。

理由は、前回のイベント中に討伐対象のモンスターの目撃情報が最も少なかったかららしい。残りの場所ではすでに謎のモンスターとの戦闘が始まっているようだが、ここではまだだった。

やはり、戦闘ができないと討伐クエストに参加している気分になれないから、ここに人が集まらないのも仕方のないことだ。

「さて、どこへ向かう？」

カイルさんに言われ、俺は森の先にある山を指差す。あの狼が逃げた方角は間違いなくあっちだった。

倒したい、とは思っていない。だが、クローズドβの間にもう一度会いたい。

他の面々はモンスターの居場所がわからないので異論はないらしく、まずは川に向かい、そこから上流へと歩きだした。

「ゴッブゴッブー」

「ごっぶごっぶー」

楽しそうに歌いながら歩くゴビーとポワンの姿を見て、自分もこの間まではこうだったのに、と溜め息をつく。

別に運営が悪いわけではない。元々そういう予定だったのだろうし、文句を言うのは筋違いだ。

……しかし、なんとかしてほしい。そう思ってしまう。こいつとの思い出が消えるのが、俺にはすごく嫌だった。

「楽しく行きましょう！」

「あぁ、そうしよう」

俺を気遣ったのだろうか。あえてデータ移行不可の話題には触れないアリスさんとカイルさんが、同様にゴブゴブ言いだす。

少し面白くなり、同じようにすれば気持ちも晴れるかもしれないと考え、真似をすることにした。

「ごっぶごっぶー」

「ゴーブゴブブー」

「ごーぶごぶー」

「……ゴブッ」

突如、機嫌よさそうに歌っていたゴビーが俺のもとへ駆け寄ってくる。手を顔の前で振り、そうじゃないとアピールしていた。

何が違うのかわからず首を傾げていると、ゴビーは人差し指を立て、リズムを取りながら歌いだした。

「ゴーブゴブブー」

「ご、ごーぶごぶー？」

「ゴブゴブ」

「おぉ、合ってたか。よしよし、俺もなかなかだな」

つい暗いことを考えてしまいそうになるが、それを努めて頭の隅に追いやり、腕を大きく振りながら歩く。笑顔を作り、今は楽しいんだと自分に言い聞かせた。

たかがゲーム、と思えていたらなぁ。

……いかんいかん、楽しい楽しい！　今日も冒険するぞー！

笑ったり真顔になったりを繰り返し、一時間ほど経っただろうか。俺たちは滝にぶち当たっていた。

十メートルどころではないだろう。恐らくこれは俺たちが落下した滝だと思うが、こんなに高かったのか。

「迂回（うかい）するしかないか」

しかし、アリスさんは両手に拳を作って主張する。

「登りましょう！」

「待って？　無理があるよね？」

「じゃあ、あたしからいっくねー！」

全然話を聞かず、ポワンが岩肌を登りだす。が、すぐに滑って落ちた。

これで別ルートに行こうという話になるかと思いきや、アリスさんやカイルさん、ゴビーもチャレンジし始める。やはり登れずに滝壺に落ちていくのだが、妙に楽しげだった。

なぜかこう、自分も負けていられないという思いが沸々と湧いてくる。その感情のままに、俺も滝登りに挑戦することにした。

「ぶはっ」

「あははっ、登れませんよね」

「ゴブゴブー」

楽しそうに笑うアリスさんの隣で、ゴビーも俺を見てにやにやしていた。

「ゴビーにロープを括りつけて滝の上まで投げたらどうだろう？　カイルさんの力ならいけるんじゃないかな？」

「やってみるかい？」

「ゴブゴブ!?」

慌てている本人そっちのけで、ロープを巻きつけてカイルさんが投げるが、当然届かず、ゴビーは滝壺に落ちる。

そうしてクエストも忘れ、びしょ濡れになって遊んでいた俺たちが動きだしたのは、一時間以上経った後だった。

結局は滝を迂回し、低い崖を見つける。

先ほど何度か試してコツを掴んだこともあり、ゴビーを崖の上に投げて、木にロープを縛らせた。

そして頑丈に縛れたことを確認した後、皆でロープを使って崖を登る。

なかなか順調に進んでいる、と休憩を取りつつ話しているときのことだった。

ガサリ、どころではなく、ザザザザッという何かが走る音が響き渡った。遠くから何かが高速で近づいてきているようだ。

「何が……まずい！」

咄嗟(とっさ)に声を出し、武器を構える。前に出たカイルさんが黒い塊を受け止め、吹っ飛ばされて後方へ転がった。

あの白い狼を彷彿(ほうふつ)させる、毛並みの黒い大きな狼。口から涎(よだれ)を出し、狂気に染まっているかのごとく目は赤く光っている。

黒い狼はこちらをゆっくりと睨(ね)め回すようなことはせず、すぐに行動を始めた。

「全員下がるんだ！」

立ち上がったカイルさんが指示を出す。

だがその直後、黒い狼はカイルさんに飛びつき、口を大きく開いた。

カイルさんはなんとか防いではいるものの、対応しきれない。

速いなんてものではない。目で追えないほどの速度だ！

援護に魔法を放ったが、あっさりと避けられた。カイルさんが抜け出す隙を作れたことだけが救いだろう。

「ゴブー！」

勇猛果敢(ゆうもうかかん)にゴビーが飛び出すが、噛(か)みつかれ、上半身と下半身が二つに分かたれた。

「……ッ！　リサモン！」

「ゴ、ゴブー！」

すぐに再召喚する。俺たちにある優位は数のみ。それを捨てるわけにはいかない。

だが、どうすればいいんだ？　こちらの攻撃は全て避けられる。相手は知能が高いらしく、攻撃をしては距離をとって、俺たちに反撃を許さない。これじゃあ、嬲り殺しにされるだけだ。

「ヒール！　ヒール！　ヒール！」

「てやぁっ！」

アリスさんがカイルさんを回復し、ポワンも蹴りを放つが避けられてしまった。

「アトラ――くっ」

黒い狼は、スキルを使おうとしたカイルさんに飛びかかり、発動の邪魔をした。

スキルでカイルさんに引き付けられてしまえば、他の面子から攻撃されることを理解しているのだろう。明らかにタイミングを狙って攻撃してやがる！

ＭＰは有限だ。ヒールができなくなれば、ＨＰも削られ底をつく。

自分たちが追い込まれていることを理解し、俺は大きく息を吸った。

「てったあああああい！」

「わかった！　僕が殿につく！」

「カイルさん、アリスさんを守ってください！　ゴビー！　ポワン！　二人も彼女を守ってくれ！

ヒールがなくなったら全員死ぬぞ！」

「あいあいさー！」

「ゴブゴブー！」

「ヒ、ヒール！」

黒い狼に背を向け走りだす。

失敗した、迂闊だった、自分たちだけで戦える相手じゃなかった！

人を集め、協力して戦うべき相手。なぜ気づかなかったのだろう。どうして考えなかったのだろう。

逃げる時間を、距離を稼ぐために、水の入った瓶をカイルさんの後方に投げる。

「アイス！」

氷の塊が瓶を砕き、中に入っていた水によって威力を増した数本の氷柱が、黒い狼へ降り注いだ。

しかし、結果を確認している余裕はない。足止めになったはずと信じ、すぐに走りだした。

どこに逃げる？　森は走りにくいから、このままモニュメントまで戻ろうとすると、その前に追いつかれてしまうだろう。

今は川沿いまで戻ってきている。滝壺が近いから、水の中に飛び込むか？

考えながら走っていると、後方からカイルさんの声が響いた。

「ヴンダーくん！　避けろ！」

考えるよりも早く前へ転がる。

いつの間にか追いついていた黒い狼が、俺の上を飛び越えてガキンッと牙を噛み合わせた。

立ち上がるよりも先に杖を振ると、先の部分が伸び、青い球体が周囲をなぎ払う。

わずかな手応え。黒い狼を怯ませることができたので、その隙に立ち上がる。

「こいつ強すぎませんか⁉」

「同感だ！」

「ＭＰやばいです！」

カイルさんとアリスさんの言葉を聞きつつ、俺はふと気づいた。

「……？　ゴビー？　ポワン？」

ちらりと周囲を見回したが、姿が確認できない。はぐれたかと思っていると、黒い狼の後ろから二人が飛び出した。

「とんりゃー！」

「ゴップー！」

奇襲だ。いいタイミングであり、俺たちも攻勢に出る。

——しかし、そんなに生易(なまやさ)しい相手ではなかった。

ゴビーの斧を避け、体当たりで俺のいる方向へ吹き飛ばす。ゴビーを腹に受けた俺は、一緒に転がった。

慌てて起き上がると、今度はポワンが崖へ突き飛ばされている。助けようとカイルさんが手を伸ばしたが、そこを狙いすましてもう一撃。二人は一緒に川へと落ちて、流れていった。

あっという間に、残りは俺、ゴビー、アリスさんの三人。

しかも黒い狼は川を背にしているため、飛び込んで逃げることもできない。

「アリスさん」

「はい」

緊張した面持ちの彼女へ、俺は小声で伝えた。

「時間を稼ぐから、川に飛び込んで助けを呼んで来てくれる？　死んで戻らせるのは好きじゃない」

「でも、そうしたら二人は……」

「大丈夫、俺たちもすぐに飛び込むよ。な、ゴビー」

「ゴーブー！」

よし、やるか。

アリスさんの返事は聞かずにゴビーと二人で頷き、黒い狼に相対した。

ゴビーが突っ込む。俺は援護。

川から狼を引き離すため、全てを使い切るつもりで油瓶を投げ、フレイムを放った。

火、というものは誰でも避けたいもの。黒い狼が跳び、後ずさった瞬間、アリスさんの背中を押した。

「火の上を跳んで！　どうせ水の中に入る！」

「えええええええ!?　でもわかりました！」

服に火が点いていることも気にせず、彼女はそのまま川へ飛び込んだ。

そして俺たちも続く……となればよかったのだが……。

「そうはいかないよなぁ」

「ゴブゴブ」

黒い狼は火を避け、俺たちに飛び掛かってきた。

ゴビーだけなら助けられるか？

首根っこを掴み、川に向かって投げようとする。

しかし、残念ながら相手のほうが速い。大きく顎を開いた黒い狼が、俺の喉元へ噛みつこうとする。

――その時だった。

森から現れた白い狼が黒い狼の首元へ噛みつき、そのまま組み伏せたのは。

十八話　クローズドβ最後のイベント、そして別れ　後編

驚いた、まさか助けてくれるなんて……。

当初、こいつが討伐対象のモンスターなのだろうと思っていたが、そのことを謝りたい。

黒い狼が暴れ、無理やり白い狼の牙を振り切って立ち上がる。

白と黒の狼は、互いに唸り声を上げた。

「グルルルルルル」

ごくりと息を呑んだ瞬間、二体は同時に動き出した。

白と黒が激突を繰り返す。ただ、その動きを目で追っているだけで精一杯だ。

「ゴ、ゴブ」

「あぁ、わかってる」

白い狼の体が朱に染まりだす。

両者の実力は恐らくほぼ互角。差があるとしたら、それは一つ。

誰かを守っているか、守っていないか。その違いだけだった。

こんなに頑張ってくれている白い狼を援護できない。それが不甲斐なくて、拳を強く握る。ゴビーも同じ気持ちらしく、歯を強く噛み合わせていた。

「なぁゴビー、一つ案がある」

「ゴブッ！」

すぐやると言わんばかりに、ゴビーは力強く頷く。

「いや、聞けって。ハッキリ言って嫌な思いをするぞ」

「ゴブゴブッ！」

それでも、ゴビーの決意は変わらないようだ。

「……わかった。じゃあ、川の水を全身に被るぞ！」

「ゴブッ！」

二人で川の水を被り、びしょ濡れになる。説明もしていないのに、ゴビーは俺を信じてくれた。

その信頼に応えようと、俺はゴビーを連れて突撃する。

「うおおおおおおお！」

「ゴブウウウウウウ！」

白い狼が目を見開く。助けようとしている相手の頭がおかしくなった、そう考えているのかもしれない。

しかし黒い狼はこれ幸いと笑い、こちらに標的を変えた。

ほんの少しだけ、白い狼の初動が遅れる。そしてそれが間に合うことはなく、俺は左肩を噛みつかれ、その隙にゴビーが黒い狼に抱きついた。

「いってえええええええええ！　アイス！」

俺と黒い狼の体が凍り始める。すぐに離れられたが、黒い狼の動きがわずかに鈍っている。

続けてアイスを放ったものの、それでもまだ驚異的な速さの黒い狼に避けられてしまった。

しかし、その俺が放った一発をゴビーが手を伸ばして受け止めると、ゴビーの体を伝い、黒い狼も凍りだす。

まずい状況に追い込まれていると気づいたのだろう、黒い狼はゴビーを振り払おうと暴れ始めた。

「頑張れ！」

「ゴブッ！」

離れるな、とは言えず、頑張れ、と伝える。ゴビーの体を伝っている水が凍り、氷が黒い狼を侵食していく。

瞬く間に黒い狼の体は半分ほど凍りついたが、その直後、奴は尻尾を使ってゴビーを払い落とした。

俺も体が凍っているため、満足に動けない。しかしなんとかゴビーをキャッチし、その場に倒れ込む。

「ゴビー！　大丈夫か!?」

「ゴッゴブッ」

ホッとしたのも束(つか)の間、半分凍った黒い狼が飛び掛かってくる。

しかし、俺たちはその黒い狼以上に動きが鈍(にぶ)い。避けることはできないと判断し、ゴビーを後ろへ突き飛ばして、俺は両手で顔と喉元を覆った。

……温かいものが全身にかかる。

顔から手をどけると、俺の目の前で、動きが鈍(にぶ)くなったのを好機と見た白い狼が、黒い狼の喉元を噛(か)み切っていた。

俺が感じた温かいものは、黒い狼の血だった。

呆然としていたものの、赤い液体はすぐに消えて、さすがゲームだなと思う。

そして、勝った、と握った拳を突き上げた。

「っしゃあああああああ！」

「ゴブゴブ！　ゴーブゴブブ！」

嬉しさのあまり、白い狼に飛び乗る。

だが、この油断がいけなかった。

まだ息のあった黒い狼がいきなり起き上がり、俺とゴビー目掛けて襲い掛かってきたのだ。

そして、俺たちを庇った白い狼が噛みつかれる。

黒い狼はそのまま俺たちに体当たりし、川の中へ押し込んだ。

一人と三体が川の中へ。またこれかよ！　と思いながら流された。

川縁に生えている草をなんとか掴み、岸に上がる。白い狼がゴビーを咥えたまま岸辺へ。黒い狼は知らん。流される途中で見失ってしまったからな。

息を整え、ゴビーと白い狼の様子の確認をする。

お腹を膨らませたゴビーは水を噴水のごとく吐き出していたが、白い狼はバタリと倒れ込んだ。

「お、おい！　大丈夫か!?」

反応がない。喉元に触れると、俺の手にべったりと血がつき、すぐに消えた。

残ったＭＰを全て使ってヒールをかける。

打ち止めになったところで白い狼が細く目を開き、静かに頷いた。

大丈夫、かな？　優しく毛並みを撫でてやっていると、物音が聞こえた。

「あいつか!?」

まだ生きていたのかと、振り向いて武器を構える。

しかし、そこにいたのは黒い狼ではなかった。

「ヴンダーさん！　無事でしたか！」

「……なんだ、アリスさんか」

「え、その言い方はちょっとへこむんですけど……」

黒い狼かと思っていた俺は、安心して座り込む。

そしてアリスさんのすぐ後ろから、カイルさんとポワンも現れた。

三人は白い狼を見て警戒している。が、説明すると納得してくれた。

「しかし、それはまずいな」

「まずい？」

カイルさんの困り顔を見て、俺は首を傾げる。

「あぁ、援軍を呼んでしまったんだ。僕たちはヴンダーくんの場所がわかっているので先行したんだけど、すぐに他のプレイヤーも来る。そうしたら、恐らく白い狼を見て……」

「まずい！　とってもまずい！」

理解し、慌てる。白い狼をどうにか移動させないといけないので、全員で協力して押してみるが、ピクリとも動かない。自分で歩けないか聞いてみても、白い狼は弱々しく首を横へ振った。

そうこうしているうちに、他のプレイヤーの声が聞こえてくる。もう時間がない。

服で隠すか？　いや、この巨体を隠しきれるとは思えない。

オロオロしていると、ポワンが手を叩いた。

「そうだ！　ゴビー！　花の指輪だよ！」

「ゴブ？」

「なるほど！　花の指輪を使って、白い狼を花で隠せ！」

「……ゴブ？」

「いや、だからな？　花をたくさん出す！　白い狼見えない！　オッケー？」

「ゴブー！」

わかったらしく、ゴビーが花の指輪でポンポンと花を出し始める。

俺たちも周囲から草をかき集めて、なるべく自然に見えるよう、花とともに白い狼に被せていった。

ちょうど白い狼の全身が花と草に包まれたところで、他のプレイヤーたちが姿を見せる。

「お、合流できたか。無事でよかったな。……で、狼は？」

「一緒に川に流されて、俺たちは岸に上がれたんだが、奴は下流にいるかもしれない。俺たちは限界だから、任せてもいいかな？」

「了解した、他のプレイヤーにも連絡しておく。……ところで、その花はなんだ？」

ギクリと身を強張らせる。

しかし、カイルさんが一歩前に出た。

「花は花だよ。彼女にプレゼントでもするかい？」

「カイルみたいな奴なら、花をプレゼントしても様になるんだろうな。が、俺はやめとくさ。じゃあ、落ち着いたら合流してくれ！」

プレイヤーたちが去り、胸を撫で下ろす。花について聞かれたときは心臓が飛び出るかと思った。

その後、アリスさんに白い狼へヒールをかけてもらい、白い狼が立ち上がれるようになったので見送る。

白い狼はこちらを一度振り返った後、鼻を鳴らし、森の中へ消えていった。

結局、あの黒い狼は倒せたことになっていたらしく、結構いい経験値が入っていた。

聞いた話によると、他の三ヶ所ではモンスターを討伐できなかったらしい。

恐らくだが、対となるモンスター――俺たちが戦った黒い狼の場合は、白い狼――がおり、そいつの力を借りなければ討伐できないという仕掛けだったのだろう。

俺たちは白い狼と出会い、たまたまフラグを達成していた。だから黒い狼を討伐できた、というわけだ。

こうして、俺たちのクローズドβ最後のクエストは、無事達成されて終わりを迎えた。

――最終日。人気（ひとけ）の少ない場所で、俺たちは絶え間なく上がる花火を見ていた。
カイルさんやアリスさん、あのポワンでさえ、どことなくしんみりしている。
時間は二十三時五十分。後十分で、クローズドβも終わりだ。
しかし、結局運営からは召喚獣の記憶継承について、いい返答はもらえず、俺は沈んだまま花火を眺めている。

　後ほんの少し、わずかな時間でゴビーは消えてしまう。

　隣で嬉しそうに花火を見ているゴビーの頭へ手を載せる。だがゴビーはそれに反応せず、ただひたすら花火を眺めているだけだった。

　ゴビーの瞳には世界が集約されたように、小さな夜空と花火が映し出されている。

　どうにもならなかった――それを受け入れるしかなく、俺はゴビーに話しかける。

「なぁゴビー」

「ゴブッ」

「いや、今は忙しい！　みたいな反応するなよ……」

　言いたいことが色々あった。

　だから全部伝えた。

「喧嘩したりもしたけど、すげぇ楽しかったよな」

「ゴブ！」

「クローズドβは終わりだが、本当に楽しい時間だった」

「ゴブー！」

　ゴビーが理解しているのかどうかはわからない。

　だが、絶え間なく、楽しかったことと、感謝の気持ちを伝える。

「全部ゴビーとみんなのお蔭だ。ありがとうな」

「ゴブゴブ」

「……これからも、こんな冒険がしたかったな」

「ゴブゴブ！」

もう残りは数分。そうしたら花火も終わり、こいつも消える。

またゲームを始めても、次に会うのは知らないゴブリンだ。いや、ゴブリンですらないのかもしれない。

鼻の奥と目頭が熱くなり、涙が流れそうになる。

だが笑って別れたいと、必死に我慢した。

アリスさんたちも俺の気持ちを少なからず理解してくれているのだろう、楽しかった思い出を話し、静かに笑っている。とてもありがたいことだ。

俺は、もう一度このゲームを起動できるだろうか？

ゴビーがいないとわかっているのに、この世界に来ようと思えるだろうか？

ゲームなのに、過ごした時間は本物。

ただただ、悲しい気持ちが広がっていく――その時だった。

『ピンポンパンポーン』

夜空が美しい花火に彩られている中、空気読めない感じの軽快な電子音が鳴り響いた。

今、大事なところよ？　最後の別れとか、思い出を振り返ったりするところ！

勘弁してくれよ、と額に手を当てる。

だが、みんなに何を言えばいいのか悩んでいたことも事実で、少し助けられた気もした。

流れてきた音声が伝えるのは、今後の予定のようなもの。

数ヶ月の期間をおき、オープンβが始まるとのことだ。システム的にも問題がありすぎたし、改善点が多かったのだろう。

そして、それは最後に伝えられた。

『多くの要望があり、召喚獣についての調整を行います』

スキル、ステータス面だろう、と思って疑わない。

しかし、俺の予想はいいほうに裏切られた。

『レベルやステータス、装備などはリセットされてしまいますが、召喚獣との間に築いた絆や記憶につきましては引継ぎをさせていただきます。もちろん――』

別の職業になったら、あえて違う召喚獣を選んだら、などの説明がされる。

だがそんなことは頭に入らず、俺はポカンと口を開いたままゴビーを見た。

「おい、ゴビー」

「ゴブ？」

「おい！　ゴビー！」

「ゴ、ゴブゴブ!?」

「あははっ、こんちくしょう！」

抱き上げ、肩車してグルグルと回る。ゴビーは叫んでいるが、知ったことではない。

残るんだ、まだ続けられるんだ。本当に、嬉しくてしょうがない。

勢いよく回り続け、目が回って転んだ。しかし、それすらも面白くて笑ってしまう。

「はははははっ」

「ゴーブゴブゴブ！」

ゴビーは回された挙げ句に倒れたことが不満なようで、地面に座っている俺をぽかぽかと叩く。

「悪かった、悪かったって。あはははははっ」

「ゴ、ゴブ？」

頭がおかしくなったか？　とゴビーが見てくる。

だが、事情を理解している面々は嬉しそうに笑っていた。

「よかったですね、ヴンダーさん、ゴビーちゃん」

「あぁ、本当によかった。今さらゴビーくんがいないなんて、僕にも堪えられなかったよ」

「よ、よかったねぇゴビー」

一番泣いているのはポワンだった。感情移入したのか、仲がよかったからか。

……いや、他の二人だって目元を押さえていたり、泣くのを我慢している感じだ。

よかった、本当に。

終了まで、残り十数秒。俺は立ち上がり、拳を突き出す。

三人もそれに拳を軽く当て、最後にゴビーが拳をチョンッと当てた。

「またな！」

「ゴブッ！」

「また〜！」

「あぁ、またです」

「まったねー！」

画面にゆっくりと黒い幕が下ろされ、視界が闇に包まれる。

俺はミーミルを外し、大きく伸びをした。

……さぁ、オープンβまでにやらなければいけないことがたくさんある。機器を買うために、お金をどうするかも考えなきゃな。

だが、優先すべきは——

「今日は徹夜だなぁ」

机の上にまだ山と積まれている残りの宿題を見て、俺は笑いながら溜め息をついた。

目つきの怖い不良少年、
精霊（ちびども）達と異世界
世直し!?

全4巻好評発売中!

俺ぁ真内零（まないぜろ）。異世界っつーとこに転生して目覚めたら、石とか花とかの被り物した大量のチビ共に囲まれてよぉ。仲良くなったそいつらと町を目指してたら、変な女に会った。あ？ 精霊と契約したい？ しょうがねえ、手伝ってやっか。おし、行くぞチビ共!

コミカライズ連載中!

◉各定価：本体1200円＋税
◉Illustration：やまかわ

毎月第4金曜日更新予定!
漫画：佐々木あかね

アルファポリス 漫画　検索

元構造解析研究者の異世界冒険譚
ADVENTURES OF A FORMER STRUCTURAL ANALYST
犬社護
INUYA MAMORU
人でもモノでも、調べたステータスは
自由自在に編集可能!!
ネットで大人気の異世界大改変ファンタジー、待望の書籍化!
製薬会社で構造解析研究者だった持水薫（もちみずかおる）は、魔法のある異世界ガーランドに、公爵令嬢シャーロット・エルバランとして生まれ変わった。転生の際、女神様から『構造解析』と『構造編集』という二つの仕事にちなんだスキルをもらう。なにげなくもらったこの二つのスキルだが、想像以上にチートだった。なにせ、『構造解析』であらゆるもののステータスが見れ、『構造編集』でそのステータスを自由に変更できるのだ。この二つのスキルと前世の知識により、シャーロットは意図せずして異世界を変えてしまう——
新料理や新技術を、ユニークスキルで大発明!?
◉定価：本体1200円＋税　◉ISBN 978-4-434-23782-9
◉Illustration：ヨシモト

僕のスライムは世界最強

捕食チートで超成長しちゃいます

空水城

Mizuki Sora

相棒は最弱スライムのはずが……

チートスキル**捕食持ち!?**

ネットで人気!!

最弱従魔の下克上ファンタジー!

冒険者を目指す少年ルゥは、生涯の相棒となる従魔に最弱のモンスター『スライム』を召喚してしまう。戦闘に不向きな従魔では冒険者になれないと落ち込むルゥだったが、このスライムが不思議なスキル【捕食】を持っていることに気づいて事態は一変。倒したモンスターのスキルを得て超成長する相棒とともに、ルゥは憧れの冒険者への第一歩を踏み出す!

◉定価:本体1200円+税　◉ISBN 978-4-434-23821-5　◉Illustration:東西

NEKO MIMI

猫耳少女と世界最強の魔法国家を作ります

We Establish the Most Powerful Magical Nation with a Catgirl.

Amano Hazama
著 天野ハザマ

そこの猫耳の君

僕と世界のために王様になってくれないか。

期待の新作!

世界を滅ぼして回る謎の存在「魔王」に対抗するために転生した万能の魔法使いウィルザード。彼は山中で出会った猫耳少女アーニャを王に立てて、魔法国家の建設に乗り出す。しかし彼らは、真なる王の証「選定の剣」を巡って、近隣を力と恐怖で支配する蛮王ベイガンと対立してしまう。ウィルザードは、国を失って人間に虐げられている獣人達をアーニャのもとに結集し、大軍で押し寄せる蛮王軍との決戦に挑む！

●定価：本体1200円＋税　●ISBN：978-4-434-23822-2

illustration：ひづきみや

黒井へいほ（くろいへいほ）
アルファポリス「第８回ファンタジー小説大賞」に『ヤンキーは異世界で精霊に愛されます。』で参加し、書籍化。その他の著書に『異世界倉庫の管理人さん』（アース・スターノベル）がある。

イラスト：はな森

本書はWebサイト「アルファポリス」（http://www.alphapolis.co.jp/）に投稿されたものを、改稿、加筆のうえ、書籍化したものです。

相棒（あいぼう）ゴブリンとまったり遊（あそ）ぶＶＲＭＭＯ（ぶいあーるえむえむおー）

黒井へいほ（くろいへいほ）

2017年 9月 30日初版発行

編集ー篠木歩・太田鉄平
編集長ー塙綾子
発行者ー梶本雄介
発行所ー株式会社アルファポリス
〒150-6005 東京都渋谷区恵比寿4-20-3 恵比寿ｶﾞｰﾃﾞﾝﾌﾟﾚｲｽﾀﾜｰ5F
TEL 03-6277-1601（営業） 03-6277-1602（編集）
URL http://www.alphapolis.co.jp/
発売元ー株式会社星雲社
〒112-0005東京都文京区水道1-3-30
TEL 03-3868-3275
装丁・本文イラストーはな森
装丁デザインーAFTERGLOW
印刷ー中央精版印刷株式会社

価格はカバーに表示されてあります。
落丁乱丁の場合はアルファポリスまでご連絡ください。
送料は小社負担でお取り替えします。

ISBN978-4-434-23819-2 C0093